Les V

CATHERINE CHAUCHAT

Marilyn

Ce jour-là, quelques instants avant l'opération j'ai repéré une voiture en stationnement. Une voiture qui n'avait rien à faire là.

La cible est sortie. J'ai essayé de tout arrêter. J'ai démarré pour prévenir les autres, entraver la rue. Mais c'était trop tard et ça a éclaté avec son engrenage de peur, son chemin de haine. Un engrenage qui avait commencé il y a très longtemps, bien avant ta naissance, bien avant la mienne.

Autrefois j'ai poursuivi le lapin blanc et je suis tombée au ralenti dans un terrier de plus en plus profond où vivait tout un monde parallèle avec ses mythes, son langage, ses tribunaux, sa reine rouge et son chapelier fou. Voilà. Aucun d'entre nous n'était certain, de manière absolue, d'avoir raison mais comme nous jouions tous notre rôle à la perfection, chacun croyait être le seul à douter. Il suffisait d'activer une fonction de notre cerveau, celle qui correspondait à la nécessité du moment, pour oublier les autres et désagréger le sale petit doute. En fin de compte nous étions comme des poulets de batterie avec un bout d'aile rouge repérable, une minuscule anomalie traçable.

Marina, ta mère, ne pouvait pas y échapper.
Cette lignée de mensonges, de violence et de meurtres.
Elle était issue de ça.

Quand son assassin est arrivé elle a compris tout de suite. C'était l'instant décisif, celui qu'elle avait toujours attendu, sans savoir quelle forme il prendrait. Elle était prête, au bon endroit, avec une compréhension globale de ce qui s'était passé avant. Au point de perspective ultime. Celui à partir duquel la vie s'agence selon un nouveau sens.
Il ne restait qu'elle comme rempart. Elle a vécu pour te protéger. Finalement, c'était ça sa mission. Elle a même dû ressentir une sorte de soulagement quand elle a vu l'arme- elle a tiré une fraction de seconde après.
Toutes ces heures d'entrainement sur des cibles, ces heures de fausse chasse dans la montagne, ça n'avait pas été seulement un jeu, c'était réel. Nos peurs avaient de vrais fondements. Aucune paranoïa. Pendant que la balle traçait son sillon, Marina a tout reconstitué.

Estelle
février 2017

Un vieux théoricien taoïste a repéré trois moyens pour maintenir l'ordre, l'*intérêt* qui attache le peuple au souverain, la *crainte* qui assure le respect des ordres et les *dénominations* qui incitent les inférieurs à emprunter la même voie que les maîtres. Marina, ma mère, gagnait sa vie avec les *dénominations* - elle écrivait des articles de psychologie pour la presse féminine. Elle avait renoué avec ses anciennes études et s'était spécialisée dans les relations mère-fille. Peut-être à cause de moi.
Mais ce n'est pas pour ça qu'on l'a assassinée.
Enfin pas directement.

A Sargues on se cogne au vent et aux arbres. Devant la maison les vignes roulent jusqu'à la chênaie, à l'ouest ça dégringole vers le ruisseau à sec l'été, entre les buissons d'épines et les herbages, le rideau des cyprès, les montagnes au fond, à l'est ça remonte vers le col de l'épervier.

Marina a acheté la maison quand j'étais petite. Au début on y passait seulement les mois d'été avec une bande d'amis. Elle s'y est installée de façon permanente après mes études. Elle pouvait travailler à distance et quand elle avait terminé une commande elle l'envoyait en pièce jointe.

Pour rejoindre la maison, un ancien corps de ferme à 15 kilomètres du premier village, il faut quitter la route et suivre un chemin de terre creusé d'ornières pendant cinq kilomètres.

La grande salle du bas s'organise autour de deux pôles, la table longée de bancs d'un côté et de l'autre une cheminée au bandeau de pierre encadrée d'un canapé et de fauteuils chinés dans des brocantes.

Des photos et des masques Dogon recouvrent trois murs, le dernier est tapissé de grandes feuilles, elles-mêmes parsemées de post-it sur lesquels Marina griffonnait des idées d'articles.

J'ai toujours connu les photos. Elles nous ont accompagnées au cours de nos différents déménagements et ont contribué à façonner ma vision du monde. Il s'agit d'anciens tirages argentiques dont certains sont attribués par ma grand-mère à Tina Modotti, cette photographe italienne émigrée aux Etats unis dans les années 1920, revenue combattre aux côtés des républicains espagnols après un long séjour à Moscou et morte mystérieusement à Mexico.

Des spécialistes ont contesté l'authenticité des photos.

- Tina Modotti avait arrêté toute pratique artistique à ce moment-là. Elle n'avait même plus son Leica.

- Vous croyez ce que vous voulez, répliquait Grany, ma grand-mère, ça m'est complètement égal. En attendant, c'est mon frère qui m'a donné le rouleau avant d'être fusillé par les nazis. Il avait rencontré Modotti pendant la bataille de Madrid.

Un des clichés représente un couple et un enfant sur un trottoir où tout le monde semble se dépêcher- visages tendus vers le ciel- sauf l'enfant et l'homme qui se regardent. La main droite de la femme tient un fusil et on devine une cartouchière en bandoulière- l'homme porte l'enfant dans son bras gauche replié et serre la taille de la femme de sa main droite. L'attention est attirée par le triangle que forment les trois têtes. Derrière eux quelqu'un brandit le drapeau de la république espagnole.

Sur un autre cliché, des piquets reliés de fils barbelés composent une figure géométrique et laissent deviner derrière, dans l'ombre, un alignement de baraquements bas, sans présence humaine apparente. Quelques mots à l'encre violette au dos de la photo - *camp de concentration, Gurs, 1939* - et en lettres capitales, souligné de deux traits- *France*.

 Une autre photo aussi, celle d'un regard, juste un regard, le fragment d'un portrait, une jolie femme dont les yeux sombres aux reflets humides semblent soutenir une étrange prière. Ce regard m'a suivie et je l'ai investi de différentes significations, comme le défaut du carreau de ma chambre d'enfant, tour à tour présence alliée quasi divine, émissaire d'une justice immanente, protection magique. Marina me l'a donné mais j'ai refusé de le garder avec moi- peur de le perdre ou peur de la charge symbolique trop forte que j'y mettais.

X

L'hiver dernier je suis rentrée d'Afrique où j'avais passé six mois pour terminer une série de photos sur les migrants- une série commencée l'année précédente à Tanger par des portraits de brûleurs, ces jeunes qui détruisent leurs papiers avant de traverser la mer.

Cette fois-ci je revenais avec une nouvelle série, des portraits pris dans les différents camps de réfugiés ou de déplacés, des photos des victimes de l'histoire africaine post-coloniale, avec son alternance de guerres et de famines. Je souhaitais exposer ce travail parallèlement à la sortie d'un livre sur ces gens sans état, expulsés de la vie. Le spectacle de leurs souffrances avait provoqué en moi un trouble assez profond pour ébranler mes valeurs. Je devais me réorienter, apaiser ma colère, évaluer et trier les matériaux accumulés au cours de cette enquête pour avancer un peu plus dans l'élaboration de mon sujet et le présenter à mon maître, Stanislav Davidov. C'est lui qui m'a tout appris et même si je ne suis plus son élève, j'ai besoin de son assentiment pour sentir mon travail légitimé.

Donc l'hiver dernier je rentre d'Afrique et à ma descente du train je repère Marina avec son gros bonnet de laine rouge et sa doudoune blanche.

Elle ne me voit pas tout de suite. Je tire ma valise sur le quai. Bousculades. Les chutes de neige ont ralenti le trafic. Retard des trains. Usagers mécontents, ceux dont le temps de voyage a été multiplié par trois, ceux qui attendent depuis des heures un ami ou une correspondance. Les hauts parleurs grésillent des annonces contradictoires qui soudent une hargne commune contre la SNCF. Je me repère au bonnet rouge. Sur quoi est-elle grimpée pour dépasser ainsi la foule ? On ne voit qu'elle. Je ralentis. Aucune envie de me confronter à cette obligation de parole et de mensonges. Je ne ferai pas d'annonce à ma mère sur le bébé. Peur de proférer des mots obscènes, établir une intimité obscène, bouleverser les codes implicites qui ont longtemps fondé nos relations et permis d'escamoter les non-dits par un jeu permanent infantile et bien élaboré. Se comporter comme des personnages de dessins animés, faire semblant de croire que rien n'a vraiment d'importance surtout pas la naissance, la maladie, la mort, ces sujets triviaux bons pour les êtres apeurés dont, bien sûr, nous ne faisons pas partie.

On avait des jugements tranchants- untel était consternant, pathétique ou formidable, on n'épiloguait pas- juste signaler notre conscience de la vanité universelle et surtout qu'on s'en foutait du jugement d'autrui, mais alors à un point !
Marina et moi avons chacune commencé notre vie sans connaître l'identité réelle de nos pères respectifs. Cette similitude pourtant évidente ne m'est venue à l'esprit que récemment. Et finalement tout ça a un rapport avec la honte, celle issue de notre histoire familiale, ces vieilles inscriptions infamantes, même si elles remontent à plusieurs générations, même si on fait semblant d'en tirer gloire, et une autre sorte de honte plus obscure, dont je ne

savais pas très bien, alors, comment elle s'articulait à la première.

X

Je passais toujours à Sargues au retour de mes voyages quand j'avais besoin de me faire câliner, prendre du recul avec mon dernier travail. Alors je ruminais mes notes à la recherche d'un nouvel angle. Je dessinais avec les clichés une mosaïque.

Là, en m'approchant de ma mère sur le quai, je la vois, hilare, soulever d'une main son bonnet, le reposer, le soulever à nouveau et pointer l'index vers son crâne. *Elle s'est coupé les cheveux.* Des mèches courtes partent dans tous les sens. C'est ça qu'elle me fait découvrir comme s'il s'agissait d'un trophée gagné sur le temps. Et puis, après avoir remis en place son bonnet rouge, elle esquisse des guillemets avec l'index et le majeur de chaque main-geste qui nous exaspère et que nous ne nous autorisons jamais. A quel centième degré de complicité m'implique-t-elle dans cette mutilation capillaire ? Je n'en reviens pas.
Jusqu'à très récemment je croyais appartenir à une race à part- ces êtres d'élite qui se font seuls, n'obéissent à aucune obligation et ne se soucient d'aucune reconnaissance. Je croyais à ma totale liberté.

Ce n'est pas aussi simple et je commence à penser que d'une manière ou d'une autre, jusque dans nos choix les plus radicaux, nous sommes tous des bestioles élevées dans de grands hangars sous des lampes au sodium.

Et puis cette grossesse dont je ne sais que faire. Cette grossesse qui m'importe moins que mon travail, ce truc bizarre qui s'est insinué en moi.

C'est juste après Noël.
Marina a mis des chaînes sur les roues de sa vieille camionnette.
Il neige tous les hivers dans ce coin de Haute Provence, mais cette fois-ci au point de bloquer l'aéroport et les voies de chemin de fer. Je suis passée de justesse avant l'arrêt total du trafic.
A soixante-trois ans elle a conservé une silhouette fine. On remarque des stries autour des yeux et de la bouche, un réseau de fils de soie incrustés dans la peau. Ni graisse ni effondrement de la chair, juste ce maillage de légers traits sur une transparence à fleur d'os. Avec sa doudoune et sa longue robe informe, on dirait une vieille paysanne échappée d'un village incendié des Balkans. Et maintenant ces mèches qui partent dans tous les sens comme des paroles dingues. - Marina tu t'es coupé les cheveux sans me le dire ? - et pourquoi j'aurais dû te le dire ? - mais parce qu'à ton âge se couper les cheveux c'est comme…- comme quoi ? - je ne sais pas, c'est comme avouer qu'on laisse tomber. - mais je ne laisse rien tomber ma chérie, au contraire. -tu n'es pas maquillée non plus et t'as vu comment t'es habillée ! c'est quoi cette superposition de doudoune sur jupons

boueux et croquenots ! - c'est tout ce que tu à me dire pour ton arrivée ma chérie ?

Maintenant, quand je pense à cette scène de retrouvailles, me revient immédiatement l'image de Marina incrustée dans la neige, avec tout ce sang.

J'ai honte. Elle s'en foutait vraiment du jugement des autres. Moi pas tant que ça.

X

Marina s'est presque exclusivement consacrée à moi pendant mes premières années. Elle s'est battue contre un trouble consécutif à un accident de voiture au cours de mon dixième mois, un trouble qui a mobilisé toute son énergie pendant quatre ans. Je restais silencieuse, ne semblais pas entendre ni ne regardais les gens, ne consentais qu'à déchirer des feuilles de papier. Marina déchirait avec moi en parlant inlassablement.

Petit à petit nous avons donné forme aux déchirures. Elle s'était procuré des feuilles épaisses et duveteuses de grand format que je fendais en laissant les bords intacts ou réduisais en lanières.

Marina refusait le diagnostic d'autisme et s'évertuait à me répéter des mots qu'elle associait à nos découpages. De cette période je n'ai presque aucun souvenir. Quant aux rares qui me reviennent je ne sais pas s'ils sont réels ou construits par les photos que prenait ma mère.

Constatant des progrès, vers mes cinq ans, elle a repris ses études et s'est faite relayer à certaines heures par une jeune fille qu'elle avait formée elle-même à creuser des cavernes et des galeries dans mon silence.

Elle a acheté un chien- un chien à longs poils blancs et fauve avec une grosse tête carrée, qui vous donnait des coups de langue en vous fixant de ses yeux d'eau- Léon, mon premier interlocuteur.

Un jour ma mère m'a trouvée en pleine conversation avec lui. Ce jour-là je me suis mise à parler très vite avec des phrases longues émaillées de mots prétentieux dont je testais l'impact sur les adultes.

Marina a consenti à me laisser à la garde de ma grand-mère, Grany, qui occupait l'appartement du dessous ou à celle d'une étudiante en échange de la chambre de bonne. Elle a travaillé à temps plein, d'abord dans une agence publicitaire puis ailleurs. Elle a essayé de nombreux métiers.

Mission accomplie en ce qui me concernait. Elle m'avait arrachée au silence, elle retrouva une vie sociale animée, sortit presque tous les soirs ou organisa des dîners à la maison. Il arrivait qu'au matin je surprenne un inconnu dans la salle de bains- il s'esquivait furtivement.

A cette période elle fut agitée par des changements d'humeur qui me semblaient incompréhensibles. Tantôt sombre tantôt exaltée.

Le chien nous servait d'intermédiaire.

- Léon a passé une bonne journée ?
- Léon s'est promené au Parc avec Grany.

Je n'ai pas appris à dire *papa,* à désigner ce père dont l'identité m'est restée mystérieuse jusqu'à l'hiver dernier,

Marina m'ayant raconté une histoire confuse de brève rencontre avec un jeune américain au cours d'un séjour en Inde, dans un ashram près de Pondichéry.
- Je ne lui ai jamais dit.
- Tu aurais pu le prévenir quand même !
  Laisse tomber chérie. C'était vraiment une histoire sans importance
- Sans importance ! et moi ?
- Je n'avais pas ses coordonnées
- Ni même un nom ? ça se retrouve le nom d'un américain qui a passé du temps à Pondichéry en 1981.
- Justement non.
Par la suite nous n'avons jamais abordé certains sujets. Nous respecions une sorte de pacte selon lequel il ne fallait se livrer à aucune effusion ni parler trop directement de nous-mêmes. Nous prenions un chemin de traverse par le truchement de Léon ou de personnages fictifs empruntés à Dumas, Dickens, Spielberg pour désigner notre entourage. Milady, Diane de Méridor, Pip, Fagin ou Dark Vador ont animé ainsi notre monde parallèle auxquels s'adjoignirent par la suite Iago, Madame Verdurin - il y en eut plusieurs- Prokosch, Sarah Connor, Beatrix Kiddo...

Vers mes quinze ans, j'ai connu une nouvelle phase de mutisme, les mots me semblaient inexacts, trop approximatifs pour exprimer ma sensation de la réalité. Impuissante à trouver le terme juste, à organiser des phrases qui rendraient compte de la complexité de mes perceptions, hantée par la peur de truquer ou de falsifier, je préférais me taire.
Cette année-là j'ai entamé un BEP de photographie et travaillé en alternance dans un studio de mode. Marina

s'est à nouveau fait beaucoup de souci pour moi qui tailladais ces rapports longuement tissés avec le monde. Je m'exprimais par écrit avec des phrases calligraphiées dans un carnet, phrases dont le sens ne me paraît pas aujourd'hui si absurde - quelle est la règle du vouloir ? - la vraie question c'est quel est le problème ?

Et puis ma peur de parler faux est tombée à nouveau. Ma hantise d'être piégée par un code étranger s'est dissipée ou plutôt atténuée. J'ai accepté ce compromis bancal avec le monde et me suis remise à parler.

Le seul homme de notre entourage était le mari de ma grand-mère, Henri, un diplomate d'éducation anglaise, très chic, dont la devise « never explain, never complain » a fortifié mon penchant pour la solitude et mon rejet des confidences entre amies, Henri, que nous appelions comte de Liverpool par dérision. Henri et sa Morgan, cette petite voiture découverte, Henri et ses chasses, Henri et ses pantalons de golf. Un vrai prince de contes de fées sorti d'Oxford, qui travaillait au Quai d'Orsay et avait été mêlé à des histoires secrètes dont Grany s'entretenait à voix basse avec ma mère.

Marina a voulu m'éduquer dans une perspective féministe, à l'abri de la passion ou de tout sentiment excessif, cultivant mon ambition, ma volonté, le contrôle de mes états émotionnels, ce dont elle-même se montrait totalement incapable.
Elle s'emportait régulièrement contre Grany qui ne manquait jamais de déclencher sa fureur par des questions perfides en faisant mine de vouloir l'amadouer- ma petite fille je ne te demande pas si tu vois toujours Untel, il a

disparu de la circulation non ? et tes piges, ça aussi tu laisses tomber ? etc….

L'origine du contentieux remontait au moment où Marilyn, ma tante inconnue, avait fait une fugue, juste après le bac dans les années soixante-dix, et n'était jamais revenue.

On la tenait pour morte. Marina attribuait la responsabilité de cette disparition à leur mère. Elle me promettait de m'expliquer un jour, le moment n'était pas encore venu.

Cette fureur sculptait une partie d'elle mais restait localisée dans une zone de son cerveau qui s'animait uniquement en présence de Grany.

Après le BEP j'ai repris un circuit scolaire classique jusqu'au bac, suivi des études d'ethnologie puis j'ai entamé une thèse sous la direction de mon maître Stanislas Davidov.

Mes vingt premières années se sont passées entre l'avenue de l'Observatoire et la Sorbonne, dans un petit périmètre autour du Luxembourg.

J'ai longtemps habité un halo de parquets cirés et de bibliothèques, au sein de la bourgeoisie feutrée du sixième arrondissement, un univers qui semblait exister de toute éternité, avec les rituels du porto, les déjeuners du dimanche à la cascade du bois de Boulogne et toutes les générations de chiens qui participaient à nos repas. Henri leur donnait des tartines de foie gras, Grany haussait les sourcils, ma mère explosait de rage. Le fantôme de Marilyn revenait. Fission du halo.

Tout était faux.

Grany enseignait les Lettres classiques dans un grand lycée parisien et mettait un point d'honneur à ce que moi, son unique descendante connue désormais, réussît des études brillantes. Elle infléchit mes lectures.

Après mon nouvel épisode autiste Marina décida d'écrire des articles à la rubrique « psychologie » pour des magazines féminins. Elle proposa de faux témoignages autobiographiques. Quelques-unes de ses idées furent jugées astucieuses et exploitables. On lui passa commande, elle apprit le métier et quitta l'agence de communication pour laquelle elle travaillait.
Elle resta de plus en plus longtemps à Sargues où elle s'était aménagé un vaste bureau donnant sur la montagne, puis elle s'y installa définitivement.

La rupture avec son ancienne vie parisienne démentit les prédictions les plus alarmistes de ses amis qui anticipaient un prompt retour à Paris.
Si elle participait à l'occultation du monde en fabriquant ses fictions, son mode de vie alla à rebours. Marina se mit à consommer le moins possible, elle conduisait un vieux break Ford, achetait les denrées à une coopérative de producteurs locaux et ses vêtements dans des friperies. Plusieurs tenues correspondaient aux différentes interprétations d'elle-même selon les moments, les interlocuteurs, les modalités de sa peur ou de sa rage d'authenticité- la tenue pour Paris à base de tailleurs et jolis relevés de cheveux, celle du début de Sargues, tendance hippie, jusqu'à cette nouvelle version trash, son apparition en paysanne balkanique sur le quai de la gare ce jour-là.

Ma mère a eu plusieurs vies dont au moins une m'est longtemps restée inconnue.

X

Donc, l'hiver dernier, je rentre d'Afrique. Après un baiser rapide et un - tu as maigri ma biche, (je ne fais aucun commentaire), je vais te remplumer- Marina empoigne mon sac.
- Il peut rouler tu sais.
Elle ne m'écoute pas, passe la bandoulière sur son épaule et marche vers la sortie à grandes foulées. Elle a conservé les codes de sa jeunesse- ni valise à roulettes, ni parapluie- aucun signe qui donnerait l'idée qu'elle puisse s'épargner ou vieillir. Quel âge pense-t-elle avoir ?
Son côté *quinze ans dans les années soixante-dix* m'attendrit ou m'exaspère.
Là ça m'agace à peine.
- Trop jeune, maman !
Je lui laisse mon sac. Elle ne relève pas l'ironie.
- Je suis garée en double file, dépêchons-nous.
Le break a provoqué une mini émeute.
- Bonjour Marcel bonjour Fanny dis-je aux bêtes- un Labrador chocolat et une petite Shiatsu - incongrus dans ce véhicule rural. Léon est depuis longtemps au paradis des chiens.

-Tu arrives au bon moment, bientôt les routes et les voies ferrées seront bloquées par la neige.

Il nous faut une demi-heure pour quitter la ville et autant pour atteindre Cerneste, le bourg le plus important avant Sargues.

D'habitude l'hiver commence un peu après le col de l'Epervier qui découvre la coulée de roches enneigées et le bourg dans le creux. On traverse Cerneste, sa rue principale bordée de maisons cossues, de boutiques de vêtements et de parfumeries, arrêtée net par la montagne au bout. De part et d'autre de cet axe des ruelles remontent vers le fort d'un côté et la place du marché de l'autre, où chaque pas-de-porte a été transformé en galerie d'art, magasin bio, restaurant. L'été ça grouille de couleurs et de touristes venus acheter les fromages de chèvre, les tomates et le rosé. Là c'est un noir et blanc austère.

Après la ville, on passe la fente entre les murailles rocheuses et on commence à grimper. Quelques fermes avec des bouquets de peupliers, des clôtures comme des bourrelets, le tout enneigé blanc sur blanc et la déchirure sombre de la roche au-dessus.

La route monte jusqu'au plateau, traverse un village construit autour d'une ancienne commanderie.

Marina me dit qu'un collectif de jeunes a repris l'épicerie- tabac, l'auberge et acheté des terres. Avant il n'y avait que des résidences secondaires fermées dix mois sur douze et des paysans qui se pendaient dans les granges.

- Ils se lancent aussi dans l'élevage et souhaitent réintroduire certaines cultures dans le cadre d'une économie alternative pour échapper à l'emprise de la grande distribution.

- C'est possible, ça ?

Pas envie de me lancer dans une discussion politique avec Marina. Depuis mes différents séjours en Afrique je doute de l'efficacité réelle de toute initiative pacifique s'opposant aux intérêts des grands groupes. Ne s'agit-il pas toujours d'un habillage rusé qui camoufle autre chose ?

Je suis aussi éloignée d'une croyance à une quelconque théorie du complot - tentative simpliste pour réduire la complexité du monde et substituer à l'idée de Dieu celle d'une association de méchants manipulateurs très organisés- que d'une confiance béate en les lois de la démocratie. Je reste silencieuse. J'entends le rire de la petite Amalia assise sur le banc du camion quand elle m'a dit- *madame, emmène- moi.* J'entends le récit de Dora qui recherche les membres de sa famille de camp en camp. *Les buissons grouillaient de serpents. Les pierres font mal le matin. Il y avait un fort tapage et un fort silence en même temps. Une odeur de viande et de pétrole. Ils ont brûlé les petits enfants devant la porte. J'ai connu plusieurs journées fatales. J'ai insisté pour vivre.*

On franchit le plateau, au bout, la route se cogne à une nouvelle muraille et se scinde en deux. A gauche Sargues, à droite la route puis le chemin qui mène à la maison. Son vrai nom est la Lézardière mais Marina trouve que ça sonne trop *parisiens en vacances* donc on dit Sargues.

On passe devant *les masures,* la frontière avec le domaine maternel, un hameau en ruines lié aux aventures scabreuses et magiques de l'enfance quand on formait toute une bande et qu'on s'infiltrait dans cette architecture de pierres sèches et de broussailles avec l'impression de s'aventurer sur les terres de l'Ogre. On inventait des histoires atroces.

- Et la baronne ?
La baronne c'est Christina Delgado (je l'appelais Christina Furiosa), l'ancienne propriétaire de maman, une petite blonde musclée et oisive qui parcourait la montagne à cheval. On ne savait pas de quoi elle vivait, grâce à un riche mari argentin selon maman, un mari qu'on ne voyait jamais mais que Christina rejoignait quelques semaines par an. Aux beaux jours, la baronne revenait. Marina lui avait d'abord loué la maison puis avait réussi à la convaincre de la lui vendre. Je n'ai jamais su comment Marina avait trouvé l'argent. - On s'est arrangées, disait-elle. Je lui verse des mensualités, ça nous convient comme ça. Personne n'y perd.
Christina habitait une grande bastide, une ancienne maison de maître avec des écuries, dix kilomètres plus loin. Elle avait entraîné ma mère dans ses randonnées équestres, l'avait conseillée pour ses travaux d'embellissement de la Lézardière. Bref, elles étaient devenues amies.
Leurs relations m'échappaient un peu.
Impossible d'imaginer deux femmes aussi différentes, l'une riche et sophistiquée, perpétuellement en contrôle d'elle-même, et ma mère, se laissant porter par les vagues successives de sa vie, sans désir de maîtrise ni d'un pouvoir quelconque. Juste réussir dignement à mettre un pied devant l'autre.
- Eh bien, elle reste presque tout le temps en France maintenant, entre ici et son appartement de Paris. Elle est en train de délaisser le mari et l'Argentine. Justement elle

nous a invitées demain soir. Je n'ai pas pu refuser ma chérie.

- Maman, quand même !

J'avais du mal avec Christina, malgré ses cadeaux- des tirages rares, des bagages de marque pratiques et légers pour mes voyages.

Elle savait à coup sur ce qui me ferait plaisir. Mais l'excès de tendresse qu'elle manifestait, - ma toute belle étoile, Estrella jolie-, son filet de voix chantonnant, rien ne collait avec l'inquiétante symétrie de son visage fendu d'yeux métalliques, sa silhouette cuirassée d'étoffes luxueuses ou de cuir. Tout dénonçait la contrefaçon. Son visage de masque, sourcils redessinés sur des yeux en amandes, bouche refaite, pas la moindre ride. Sous l'aspect sucré pointait la dureté. Je l'imaginais plutôt étalonnant son cheval dans la pampa, une cravache à la main pointée sur le gaucho qui aurait laissé s'éloigner une partie du troupeau.

- Pourquoi t'as accepté ? tu savais bien que je serais là ?

- Pourquoi j'aurais refusé sans l'offenser ? ça lui fait plaisir de te voir …

- Mais c'est toi que je viens voir maman, pas elle ! donc c'est moi que tu préfères offenser comme si j'étais une partie négligeable de toi ou forcément consentante, Marina, tu comprends ? c'est moi que tu sacrifies dans l'histoire !

- Arrête ma chérie tu compliques tout, ça lui fait plaisir de te voir mais si tu veux j'annule. C'est comme tu veux, rien ne nous oblige. Moi j'annule sans problème, franchement je m'en fiche tu n'as pas idée, donc on n'y va pas, je l'appelle et basta.

- Bon, d'accord, laisse tomber, tu m'as piégée. Tu sais très bien que je ne peux pas refuser avec toi toute seule dans ta montagne. J'irai mais je n'imaginais pas me taper une mission comme ça en arrivant.

- Christina t'adore, ça lui fait plaisir de te voir

- Je ne crois pas qu'elle m'adore. Son moteur est ailleurs. Quelque chose en elle ne me convainc pas, elle fait trop d'efforts. Trop d'efforts. Tout est faux chez elle…

- Ah bon tu connais des vrais gens maintenant ? depuis des années tu me serines que chacun reproduit forcément un truc antérieur et qu'aucune sincérité n'est possible et maintenant tu me fais un flan avec la supposée fausseté de Christina ? Justement à cause de ça, tu devrais faire des efforts toi. C'est très désagréable de se sentir rejetée sans raison tangible.

- Maman cette femme est vraiment fausse, pas comme tout le monde, elle cache quelque chose d'énorme. Elle ment volontairement avec des intentions conscientes et délibérées. Ça se voit. Mon intuition. Une intuition qui doit bien s'appuyer sur une perception réelle.

Marina soupire ostensiblement et lève un instant les mains du volant en signe d'impuissance agacée. Je reprends.

- Marina tu m'énerves, tu changes sans arrêt de discours sur Christina. La dernière fois vous étiez fâchées, elle te saoulait avec ses airs autoritaires.

- Eh bien je ne la trouve plus autoritaire, elle ne m'énerve plus, elle a changé. Moi aussi, toi aussi. C'est un vieux machin de penser que les gens ne changent pas, la prétendue *nature humaine* … les gens intelligents s'adaptent c'est tout. Il y en a qui ne s'adaptent pas et ils sont foutus.

Marina était la reine de la généralisation. Elle adorait établir des lois universelles, comme une experte venue

d'une autre planète et dotée de pouvoirs subtils pour comprendre le fin mot de l'histoire.
- Ce sera justement l'occasion de faire plus ample connaissance avec elle.

J'en veux à Marina. C'est comme si elle avait souillé un espace vierge, bradé notre intimité.
- Bon, écoute, dit-elle, la question est close. On ne restera pas longtemps. Je vieillis ma chérie tu sais.
Je prends la main de Marina et la porte à mes lèvres.
 Ce don de pulvériser mon énervement ou mon ressentiment par le recours à la plus simple des armes- une franchise absolue, sans calcul, un éclat d'innocence intact. Je regarde son profil net son gant de laine qui aplatit une de ses plumes sur sa tête.

Quand le break tourne dans le chemin enneigé j'éprouve un éclair d'émoi enfantin, quelque chose comme de la joie.
 Et me revient la conscience du fœtus dans mon ventre. Le garder ? Sans père, sans structure, avec mes voyages incessants ? L'expulser ? Comment les autres parviennent-elles à un choix conscient, assumé ? Quelles sont les critères qui président à la décision ? Y a-t-il un choix possible concernant la naissance d'un enfant hormis les lois immémoriales de l'espèce ? Je me perds. En même temps j'ai trente-deux ans. Jamais enceinte même quand je ne faisais pas trop attention aux préservatifs. Donc ma fertilité n'est pas évidente.
Bon je diffère. En attendant, le garder- le protéger à tout prix, l'exfiltrer de cette dynastie féminine. Je regrette d'être venue, j'ai peur, je suis contente aussi. Marina m'énerve. Je pense au fœtus comme à un garçon. Pourvu

qu'il soit un garçon. Mettre un terme à cette génération spontanée de femmes.

Apparaît la maison, fidèle à mon souvenir, carrée, incrustée au flanc de la montagne, surveillant les vallées environnantes - la guetteuse-, l'ancienne grange et la grande étendue neigeuse devant.
Marina arrête la voiture à côté d'un monticule recouvert d'une bâche en plastique. Je remarque une sorte d'auvent.
- C'est nouveau ?
- Oui, une cuisine d'été pour ma future maison d'hôtes. Et j'ai complètement rénové la grange. Tu vas voir. Installe-toi d'abord, je vais chercher des bûches.
J'attrape mon sac sur la banquette arrière. Je vois Marina s'éloigner toute menue sous sa doudoune. Ses gants et son bonnet se détachent sur la neige. Elle est empêtrée dans la superposition de gilet et jupe qui se collent aux bottes. Les chiens me suivent dans la maison, grimpent l'escalier, me bousculent, me précèdent. Puis ma chambre d'enfant inchangée, lit bateau, édredon. J'en reprends possession. Gestes familiers. Vérifie mes *Clubs des cinq,* ceux de ma mère en fait*,* Babar, Dumas et Dickens, mes cassettes de *La guerre des étoiles* et d'*Indiana Jones*, illisibles maintenant, bien alignés dans le placard, mes dvd de Matrix, mes poupées russes, Barbie, Albator.
Par la fenêtre j'observe plusieurs allers et retours de Marina les bras chargés de bûches, le bonnet et les gants qui déambulent sur le blanc.
Je déballe mes affaires, installe mon ordinateur, trie le linge sale. Les chiens se roulent dedans. Je crie. Marcel se met sur le dos, pattes repliées pour faire semblant d'obtempérer. La petite Shiatsu se sauve en couinant. Laver. Lessiver. Nettoyer. Tout passer au jet. Récurer.

J'attrape les peluches des chiens, les lance dans l'escalier où ils se précipitent, Marcel dérapant sur Fanny et terminant sa glissade dans une posture de dessin animé. Je ramasse la boule de linge sale, rejoins la buanderie et mets en marche la machine. La rotation du tambour, les bruits d'eau. Par un effort de concentration je tente un exercice d'auto hypnose, histoire de reposer mon cerveau, établir une connexion magique avec la machine, exercer la toute-puissance de ma pensée et de ma volonté.

Dans cette buanderie je recompose les particules de mon être - désagréger l'idée que je serais un croisement monstrueux, à l'extrême fin d'une lignée de femmes irriguées successivement d'humiliation et de honte, puis d'arrogance, et enfin de révolte contre la position acquise.

Et moi, réduite à une sorte de puzzle agencé selon les stimuli qui réactivent de manière désordonnée chacune des postures antérieures, sans qu'aucune n'ait plus le moindre sens désormais. Eparpillée, tronçonnée, dernier maillon affaibli d'une chaîne exsangue à l'extrême limite d'un filament desséché, en voie de séparation d'un bout de planète, lui-même détaché de l'unité primordiale. Il n'est pas question que je donne naissance à une fille. J'aurais l'impression de l'expulser du vaisseau et de l'abandonner dans l'espace infini sans combinaison de survie … Ce sera un garçon.

X

- Qu'est-ce que tu fabriques ?

Je rejoins Marina dans la cuisine où elle épluche une gousse d'ail avec une précision chirurgicale.

Dehors la nuit tombe sur le blanc.

- ça va ma chérie, tu as l'air bizarre ? Tout s'est bien passé en Afrique ?

- Ben oui. Pourquoi tu demandes ça ? C'est toi qui es bizarre.

Je regrette l'agressivité du ton mais Marina peut être exaspérante quand elle soupçonne un mystère, tente de me percer à jour contrairement à nos conventions. Dans ces cas-là il suffit d'un signal pour l'arrêter net.

Ce qui m'agace le plus chez elle c'est quand elle essaie d'établir une conversation intime. Marina se laisse aller parfois à certaines faiblesses expressives. Pour enrayer le processus je deviens horrible. Je ne supporte pas sa manière d'induire une plainte ou une confidence.

- Tu as quelque chose à boire je demande, un peu brutalement.

- Oui, dans la buanderie, sous l'évier. Sers-moi aussi un whisky. Je prépare le dîner. Des spaghettis Vongole et un gigot de sept heures, enfin ce sera plutôt quatre heures, ça ira ?

- Mais peut-être qu'avec les spaghettis Vongole, ça va faire beaucoup, non ?

- Tu crois ?

- Maman c'est très bien déjà le gigot de sept heures, on pourrait garder les spaghettis pour demain.

Elle essuie d'un revers de main les gouttes de sueur sur son front. Je l'embrasse.

- Tu me montres la grange ?

Marina a complètement rénové mon ancien terrain de jeu. Une vraie fausse grange doublée d'un nouveau plafond étanche, en lattes de bois chevillées à l'ancienne, composée d'une grande pièce en bas avec des canapés profonds, des tapis et un coin du feu, et en haut, une sorte de dortoir partagé en compartiments individuels, chacun pourvu d'un lit monacal et d'étagères. Au fond des cabines de douche.

- Formidable maman, un petit palais maintenant, tu vas pouvoir loger combien de personnes ?

- Entre quatre et huit ici, dans la grange, et pour les hôtes à la recherche de confort, il y aura les chambres de la maison. Je vais toutes les refaire avec chacune sa salle de bains. En tout il y aura huit chambres en activité, pas le même degré de confort évidemment. Je peux aussi accueillir des migrants, en attendant.

- Des migrants maman, mais qu'est-ce qu'ils foutraient là ? loin de tout ?

- Ils se trouveraient une nouvelle famille, un accueil.

- Tu plaisantes Marina, ici ce n'est vraiment pas l'endroit où les migrants ont envie de venir. Il leur faut la ville, une préfecture à côté pour leurs formalités, des structures proches qui facilitent leurs démarches et leur intégration

- Donc j'ai tout faux. J'ai toujours tout faux avec toi. Je suis incapable de faire un truc utile.

- Mais non Marina, on dirait que tu cherches toujours ce qu'il y a de plus compliqué. Laisse tomber les migrants, t'as autre chose à faire. Les chambres d'hôtes c'est parfait. Je ne pensais pas que tu te débrouillerais si bien avec cette maison. Mais ça va te donner un boulot d'enfer ? Tu n'auras plus le temps d'écrire tes articles.

- Ne t'inquiète pas mon chat, j'ai tout prévu et puis j'ai un projet avec le collectif de Sargues. On va inaugurer un nouveau type de maisons d'hôtes avec échange de compétences, tu vois ?

- Non pas du tout…

- Eh bien dans le dortoir je peux héberger des gens pour une somme modique et en contrepartie ils nous font profiter de leur savoir-faire pour l'artisanat, les cultures ou l'élevage.

- Un retour au troc ?

- Oui, si tu veux, une économie parallèle fondée sur l'échange de compétences. Un genre de coopérative en partenariat avec d'autres structures comme la nôtre, ailleurs, en France ou même plus loin, en Amérique latine par exemple.

- Et donc tu les ferais payer des queux de cerises. Fais attention à ne pas te mettre en déficit quand même.

- Non, ne t'inquiète pas. On a bien étudié la question. Nous ne sommes pas les premiers à expérimenter cette pratique, le tout c'est d'équilibrer le budget. Que je n'y perde pas. Je me salarie. On bosse en association sans chercher le super profit, juste la vie, - une vie simple, normale avec des gens comme moi, comme nous. Il y a déjà eu un reportage sur nous, je vais te montrer.

On rentre. Elle allume son ordinateur.

- Voilà mon projet, le journaliste a très bien compris, il nous a mis sur son site « Initiatives ». Lis et pendant ce temps je finis de préparer le dîner. Tu me montres bientôt tes photos ?

- J'en ai encore à transférer. Je vais procéder à une petite sélection ce soir. Tu les verras demain. Bon, je regarde l'article sur ta maison d'hôtes.

- Installe-toi devant la cheminée.

Elle repart en coup de vent, revient- cette manie de faire claquer les portes derrière elle comme un tambour d'annonce- elle dépose un plateau devant moi, ajoute une bûche. Ça flambe, elle disparaît dans la cuisine, laisse la porte battre à nouveau.

Le malaise de la buanderie se dissipe. Je me rassemble autour d'un point intime, comme si mon fœtus flottait dans une zone protégée.

Le givre sur les vitres évoque les premiers temps de Sargues, ces Noëls lointains quand je regardais *Gremlins* en boucle, pelotonnée dans le canapé avec une copine et le chien, les cartes postales incrustées de paillettes et de fausse neige, les jeux dans les cabanes de la grange à claire voie.

Ce soir-là j'ai presque l'impression d'être en famille, à côté de la cheminée, un verre à la main. Ma mère prépare son gigot dans la cuisine. Rien que pour moi. Je me laisse bercer dans un état régressif à l'abri de ma conduite superstitieuse dans la buanderie, cajolée du mensonge, de la fiction anesthésiée.

C'est une maison aux murs épais percés d'étroites ouvertures contre la chaleur d'été et le vent d'hiver - en bas la grande salle, la cuisine et un cellier. A l'étage les chambres que Marina va rénover et équiper de salles de bains pour sa maison d'hôtes.

Je regarde le site du journal en ligne, fais défiler les différentes « Initiatives », trouve l'interview de Marina.

Bla bla sur le projet, faire revivre l'endroit en évitant la grande distribution, trouver des débouchés directs aux producteurs locaux - artisanat, culture, élevage- impliquer les « visiteurs » dans leur démarche, leur faire découvrir la région grâce à des chambres d'hôtes pour budgets restreints, moyennant participation… ce que m'avait expliqué Marina. Et puis des photos, une de ma mère avec sa coiffure d'avant la mutilation capillaire, une vieille jeune fille, cheveux longs et raides, quarante ans de moins si on enlève les fils blancs et les stries du visage.

Nouvelle volée de porte qui me fait sursauter et Marina qui regarde ses mèches dans le grand miroir au-dessus de la cheminée.
- Vraiment, tu préférais avant ?
- Non maman, je m'habitue. On dirait un alphabet avec plein virgules, de points d'exclamation et d'interrogation. Comme si un bataillon d'avocats agitait ses manchettes sur ta tête. Il est bien le reportage, ça donne envie, ça va marcher. Tranquille et à l'abri du besoin tu vas être. En accord avec tes convictions. C'est bien, ça a du sens.
  - Je suis fière de ton approbation ma fille. Le gigot n'est pas prêt avant une   heure.
- Parfait, je continue à travailler.
Je monte chercher mon ordinateur, l'installe sur la table basse devant la cheminée et entreprends de décharger les dernières photos.

M'en imprégner pendant quelques jours puis procéder à un tri correspondant aux histoires que je souhaite raconter- celle de la petite Amalia- *madame emmène-moi*- qui n'a plus de famille sauf son frère à la jambe coupée.

Amalia qui voulait que je les emmène en France. Celle de Dora, la belle la sombre et sauvage Dora aux yeux emplis de corps démembrés. Ces deux figures féminines- une enfant et une jeune adulte- comment ne pas les trahir comment défendre leur combat sans dénaturer leur énergie sans les faire passer pour des victimes absolues ?

Entremêler leurs destins en essayant de me tenir dans la mesure du possible à leurs trajets singuliers parce qu'ils m'ont touchée ? quelle logique de progression choisir ? quelle est ma légitimité ? Il s'agit toujours plus ou moins d'histoire de légitimité, non ? Se sentir en droit d'occuper sa place dans le monde.

Je regarde sur le mur la photo des républicains espagnols. Une photo de lutte et d'amour sans pathos. On devine le bombardement qui vient.

Si le noir et blanc risque de frôler l'effet esthétisant, la fausse patine ancienne, il permet aussi d'inscrire mes images dans une grande lignée humaniste, une dramaturgie aux règles simples. Montrer, dévoiler c'est déjà un combat en soi m'a appris mon maître Stanislas Davidov. Traquer la lumière des invisibles ceux qu'on voudrait effacer complètement. Se dégager de la beauté formatée de l'occident marchand.

Pendant le transfert des photos je relis les notes prises sur place et entame un nouveau carnet pour ajouter des commentaires et des idées.

Mon travail comporte plusieurs phases.

La première, avant l'abord du terrain, commence par des lectures tous azimuts- essais, thèses, revues, simples articles de presse, blogs. Ensuite je parle avec Stanislas qui m'aide à évacuer sauvagement- en me blessant parfois- tout ce qui ressemble à une certitude. Se méfier de l'expérience immédiate, forcément fallacieuse selon lui. Interroger une perception trop évidente des enjeux grâce à une sérieuse étude préalable. - *Ton enquête doit remettre en cause toute prétention au « réalisme sociologique » qui consisterait à prendre les catégories construites pour des réalités en soi.*

Deuxième phase, installation et observation. En l'occurrence prise de contact avec les habitants des camps. Conduite des entretiens, premières photos, discussions, notes avec l'aide d'un interprète. Ensuite le vrai travail commence, je me laisse guider par mon œil et ma subjectivité.

Plusieurs personnages, plusieurs angles. Je m'immerge dans les histoires et les destins. Les portraits se constituent d'eux-mêmes.

Je les trahirai le moins possible mais je sais que même en ayant l'impression de rester au plus près de leurs paroles, des mots posés sur ce qu'ils ont vécu, je sais que ni mes photos ni mes phrases ne rendront compte exactement de leurs souffrances, de leur fantaisie, de leur incroyable capacité d'adaptation et acharnement à vivre.

Les images se déchargent, je vois apparaître à l'écran les protagonistes de mon tout récent passé. Brusquement le père du fœtus.

Je subis un bombardement émotionnel depuis deux mois maintenant, bombardement qui n'a rien à voir avec Amalia ou Dora, mais concerne Antonio, rencontré au camp de Baraya dans le quartier des humanitaires au cours d'une soirée organisée pour le départ de plusieurs d'entre eux.

Ce n'est pas mon genre de rougir ou de me montrer timide mais dès qu'il s'était présenté je m'étais sentie troublée au point de boire coup sur coup deux verres de punch. J'avais ébauché un sourire automatique et m'étais éloignée vers un groupe qui rentrait d'une mission dans le sud du pays, ce qui ne le laissa pas dupe car il vint me rejoindre aussitôt, un verre à la main.

- C'est toi que je cherchais.
- Ah bon ?
- Oui, exactement quelqu'un comme toi. A nous !

Il a levé son verre.

- Oui, à nous, à eux...à l'Afrique à ce qu'il en reste !

Sur lui tout brillait, ses yeux, ses dents, ses cheveux noirs ramenés en queue de cheval, les bagues de ses doigts et par là-dessus le timbre rauque du bourgeois milanais.

- Tu travailles pour quelle organisation ?
- Aucune. Je suis photographe, je fais des portraits de *déplacés*.
- Photographe de presse ?
- Non plutôt ethnologue et toi ?
- Moi je travaille pour une fondation qui souhaite dépenser de l'argent en Afrique. La fondation Enée.
- Connais pas.
- Normal elle est toute récente.
- Et qu'est-ce que tu y fais ?
- Je suis mandaté par cette fondation pour étudier les différents secteurs humanitaires et évaluer où l'argent serait le plus utile, le plus visible aussi...
- Comment ça visible ? Visible par qui ?
- Par ceux qui apporteront de nouveaux fonds, pour leur image de marque, fonds qui serviront à construire des puits, des écoles. C'est très bon en termes d'image l'humanitaire, tu sais.
- La charité spectaculaire en somme.
- On peut dire ça comme ça.
- Et vous les construisez vraiment les puits et les écoles ?

- Bien sûr, à chaque fois on s'arrange pour qu'il y ait une grande couverture médiatique. On fait de l'humanitaire qui rapporte. Et moi je prospecte.

- C'est ça votre but, la rentabilité ?

- Qu'est-ce que ça peut faire puisque l'Afrique en profite aussi …l'argent n'est pas sale tu sais…

- Utiliser la misère du monde pour redorer son image, bof …

J'avais froncé les sourcils, histoire de marquer ma prise de distance avec l'étalage de ce cynisme de bon aloi.

- On s'en fout des motivations. L'essentiel c'est que tout le monde en profite. Tu crois que l'aide peut être désintéressée ? Mais ça ne s'est jamais passé comme ça. Avant les missionnaires agissaient pour le compte de l'Eglise et dans un but colonisateur.

- Je ne pensais pas à eux mais les bénévoles par exemple, ils n'y gagnent rien.

- Bien sûr que si de l'exotisme, un sens à leur vie qui serait particulièrement chiante ou vide sans ça. Tu es vraiment prise dans un schéma catho ou coco. C'est pareil. Culture familiale ?

- Alors là pas du tout…dans ma famille y'a pas de moule, ça explose dans tous les sens.

- Mais non, il y a toujours une culture familiale, toujours, elle peut devenir incohérente au fil des générations mais il en reste quelque chose.

- Pas chez moi je te dis. C'est le chacun pour soi, d'ailleurs on n'est plus que trois ou quatre, on ne sait pas, et il n'y a que des femmes. Plus aucun homme à l'horizon pour faire la loi.

- Comment ça trois ou quatre ?

- C'est trop compliqué, je n'ai pas envie de parler de ça. Parle-moi plutôt de toi.

- Oh moi je vais et je viens, de Milan à l'Afrique, je prends l'avion, j'habite dans des hôtels de luxe, dans des baraquements ou sous la tente, je vois plein de gens, plus ou moins agréables. Je n'aime pas trop les humanitaires en réalité. Ici y'a beaucoup de jeunes loups qui pensent à leur repositionnement professionnel. Tu as vu miss Prada-exploratrice, là-bas ?

Il me montrait une jeune femme- saharienne sans manches et pantalon de toile, chapeau à larges bords, chaussures montantes - en train de téléphoner tout en pointant le doigt vers des caisses tout juste descendues d'un camion dont un groupe de femmes africaines aux cheveux ras et cernées d'enfants attendaient le déchargement.

Il secoua sa queue de cheval et fit briller ses dents.

- Et lui, plus loin, le premier de la classe qui sort de son école de commerce, un pur avec un plan de carrière, qu'est-ce que tu crois ? Ils viennent tous du monde de l'entreprise ou de réseaux d'action politique et sociale ancrés dans une charité chrétienne bon teint… c'est du pareil au même… une bonne conscience de classe aussi. Un rien condescendants- ils connaissent le terrain, ils se dévouent à la bonne cause. *-je souris je plante mon regard droit dans le tien en écarquillant bien les yeux, je te trouve irrésistible, c'est forcément réciproque. Je suis tellement sympa et quand je dégaine mon sourire émerveillé, ça y est, je t'ai piégé -*

Antonio mime le sourire des *émerveillés*. - t'as compris le truc ? Apprendre le grand rire spontané et montrer les dents. Chez la plupart des gens, ça marche sauf chez ceux qui sont déjà au courant.

- Qu'est-ce qu'ils t'ont fait ?

- Rien mais je n'aime pas qu'on me prenne pour un imbécile. Je fais mon boulot, c'est tout. Sans essayer de passer pour mère Teresa.

Notre première nuit sous la tente fut intense et passionnée à la mesure de notre taux d'alcool avec un brin de perversité- il fallait étouffer nos cris de plaisir à cause du voisinage. La chaleur, nos corps ruisselants, le rythme de son sexe dressé, la nuit africaine et le saké. La nuit de la conception ? ça doit pouvoir se calculer.

Au matin, regard des *émerveillés* sur nous, indécidable, à mi-chemin entre une réprobation puritaine et le désir d'exhiber une connivence d'égal épanouissement sexuel.

Antonio et moi fondâmes notre complicité à leurs dépens. Nous répertorions les signes exhibés de leurs castes. Nous nous sentions plus beaux, plus libres, plus sexués, moins conventionnels et plus sincères. Leur charité ne nous impressionnait pas. Nous n'offrions aucune prise à la moindre tentative de culpabilisation.

L'un ou l'autre devenait notre tête de turc et déclenchait nos fous rires par un geste ou une parole. Nous avions conscience de déstabiliser le peuple humanitaire qui se méfiait considérablement de nos réactions en feignant une complète désinvolture, tout ça parce qu'ils n'avaient pas réussi à nous cataloguer ni à évaluer notre degré de pouvoir.

Notre idylle flamba quinze jours dans le camp et promettait de beaux lendemains. Quand je raccompagnai Antonio à l'aéroport nous étions aimantés. Il allait poursuivre une autre mission dans un autre coin d'Afrique puis me rejoindrait chez ma mère à la fin.

Je n'y croyais pas une seconde mais ça faisait partie du scénario.

Depuis notre séparation nous avions échangé quelques textos. Il n'avait aucun soupçon de mon état.

Les portraits d'Antonio réactivèrent les sensations de nos nuits, intenses et concentrées sur une brève durée, la conscience du fœtus niché dans mon ventre. Une parfaite histoire d'amour comme une épure et les clichés qui vont avec- le bel italien cynique, la jeune parisienne enthousiaste et studieuse.
L'incertitude sur mes futures relations avec le père ne me gênait pas. Au contraire ça faisait bien dans le tableau. Et puis c'était une habitude familiale d'avoir des enfants de père inconnu.

X

- Tu comptes passer voir Grany ? demande Marina
- Sûrement.
- Parfait, comme ça c'est toi qui géreras le ballet des infirmières et des dames de compagnie. Elle s'est encore disputée avec la dernière.

Ma grand-mère n'était pas du genre à s'affaiblir à l'approche de la mort ou à essayer de l'apprivoiser. Non, je la voyais plutôt en train d'affûter ses poignards pour mieux la dépecer. Elle illustrait la réplique attribuée à

Bette Davis- vieillir, ce n'est pas fait pour les petites natures-. Et puis elle venait de loin Grany, des miséreux, des paysans sans terre du Piémont. Ceux qui se louaient pour rien et vivaient dans une masure, entassés avec les bêtes. Ceux qui allaient pieds nus de ferme en ferme, cherchaient du travail à la journée. Les indigents, juste dans l'avant-dernier cercle.

Son père avait traversé les Alpes à pied, parfois en charrette, pour s'établir là où on les appelait les *macaronis*. Il avait traversé les Alpes à pied, parfois en charrette, pour s'établir là où on les appelait les *macaronis*. - si tu n'es pas sage on va te faire manger par les réfugiés, les ritals, ceux qui secouent leur vermine sur Marseille, qui jouent du couteau.

Je saurais plus tard comment Grany s'est arrachée à cette glaise.

Elle lisait inlassablement La Rochefoucauld, La Bruyère ou Pascal, et à tout bout de champ elle proférait une citation appropriée à la situation.

A part ça, elle avait été une mère autoritaire et cassante aux dires de Marina, une mère prompte à pointer les défauts de ses filles, à les vouloir *parfaites*, très *contrariée* si elles n'évoluaient pas exactement comme elle le souhaitait. Aucune indulgence ni pour elle-même ni pour ses proches. Sauf pour moi, mais moi, je suis sa princesse.

Grany vivait toujours dans l'appartement vaste et sombre de l'avenue de l'Observatoire. Elle mettait un point d'honneur à se tenir droit.

Marina la comparait à tout un bestiaire, entre autres à une araignée au milieu de sa toile. Elle lui rendait visite une fois par mois, à contrecœur, en même temps qu'elle rencontrait les rédac chefs pour lesquels elle travaillait et participait à certains dîners.

Moi je ne nourrissais aucun grief à l'égard de Grany et trouvais le comportement de Marina assez infantile.

Au retour de chacun de mes voyages, je passais quelques jours auprès de ma grand-mère dont j'admirais la stature et l'humour. Elle avait conservé certains rituels. Le verre de Porto, le chapeau et les gants, son éternel rouge à lèvres Chanel, l'acidité lucide des propos sur certaines de ses amies - la pauvre Emma n'a plus toute sa tête, moi non plus, mais c'est un choix stratégique pour m'adapter à ce qui m'attend. Eh oui, j'oublie. La mémoire immédiate, ma chérie, ce n'est pas bien grave. L'important, c'est de ne pas les oublier eux.

Elle pointait l'index en direction de ses bouquins reliés et entamait des monologues entrecoupés de ses phrases favorites. *-Il a quatre laquais. - S'il se vante je l'abaisse. S'il s'abaisse, je le vante. Et le contredis toujours. Jusqu'à ce qu'il comprenne qu'il est un monstre incompréhensible*, Pascal - qu'elle interrompait d'un - l'infirmière du matin, elle vole. Moi je m'en fous mais dis-le à ta mère. Tu es jolie ma chérie, jolie, sage et intelligente. Mes filles se sont tellement appliquées à me détester qu'elles en ont oublié de se construire, elles. Mais toi, tu es un trésor.

- Allons Grany, personne ne te déteste. Comment peux-tu parler ainsi de celles que tu as mises au monde ?

- Eh bien je les ai mises au monde, ce n'est déjà pas mal. J'ai fait en sorte de leur donner une bonne éducation.

Après c'était à elles de se débrouiller. Elles se sont fourvoyées toutes les deux. Rien compris à la vie.

- Quand même t'exagères. Marilyn on ne sait pas ce qu'elle est devenue mais pour maman ça va à peu près.

- Tu marches toi dans cette histoire de vie solitaire dans la montagne ?

- Mais oui. C'est ce qu'elle a choisi.

- Et puis elle n'a pas arrêté de cracher sur la presse féminine et maintenant elle écrit ses histoires idiotes. Tu trouves ça cohérent ?

- Pas si idiotes. C'est son gagne-pain. Tu n'es pas normale avec ton intransigeance Grany, on dirait que tu n'éprouves aucun sentiment maternel.

- Tu crois ?   Les sentiments sont peut-être des constructions imaginaires qui correspondent à un moment révolu de l'histoire de l'humanité, ma chérie. En ce moment, on régresse de 5000 ans. Notre ennemi à tous, c'est la mort, mais certains petits malins croient s'en sortir autrement, en accélérant la mort des autres. Les petits malins ! Une fois que tu as compris ça, le reste tu peux l'apprendre toute seule, dans les livres, avec eux.

Et elle brandissait ses éditions anciennes.

-Tu devrais aussi travailler le sarcasme ma chérie. Sa progression est proportionnelle à la dégradation des rapports humains. …Entraîne-toi. La guerre s'est installée au centre de chaque conversation. Apprends à parler très vite aussi, ça étourdit. Sarcasme et débit rapide n'oublie pas. Nous sommes tous en train de devenir des petits Iago et des petits Machiavel.

Je la quittais toujours en pensant qu'elle était un monstre attachant dont les conclusions rejoignaient celle de mon mentor, Stanislas Davidov.

Si selon Grany ma mère et ma tante avaient cultivé l'angoisse, la colère et la révolte, ce n'était pas mon cas. Je menais une lutte acharnée contre mes états d'âme. Le tragique et le pathos ne convenaient plus. Complètement dépassés. Ne pas se plaindre, se relever après chaque coup.

J'avais appris à dominer mes peurs par des petits exercices mentaux et la pratique des arts martiaux. J'imaginais participer à la survie de l'espèce à ma manière, en témoignant, une combattante réaliste, sans complaisance, pas dans le même registre que Marina, cette romantique des années soixante-dix qui avait eu sa crise mystique après le départ de sa sœur, Marilyn, et fui dans un ashram en Inde pour participer à l'élaboration d'une utopie, Auroville.

Où elle disait avoir rencontré mon père.

Elle ne m'avait jamais expliqué clairement les raisons de son retour en France. Et rien sur mon père.

Evidemment cette histoire de fœtus n'était pas prévue.

Marina sort de la cuisine avec du pain grillé et un bol de tapenade.

- C'est toi qui l'a faite ? je demande en tartinant.
- Oui le dîner sera prêt dans une demi-heure.
- Parfait. Pendant ce temps j'observe encore le minois de mes petites africaines. Si j'invite un copain à passer quelques jours, ça t'ennuie ?
- Pas du tout ma chérie, qui c'est ?
- Un italien que j'ai rencontré au camp de Baraya. On a sympathisé.
- Il dort dans ta chambre ?

- Non, enfin oui, avec moi, dans mon lit, si c'est ça que tu veux savoir, mais je préfère changer de chambre.
- Celle des chauves-souris, ça irait ?
- Parfait.

Pendant le dîner je raconte à Marina mon idylle avec Antonio en omettant la crudité du sexe et l'enfant à venir. Je parle aussi de la petite Amalia et de Dora….
  - Qu'est-ce qu'elles sont devenues ?
  - Quand je suis partie elles y étaient toujours mais Antonio va me donner des nouvelles. Il arrive ces jours-ci. J'irai le chercher à la gare si tu me prêtes la voiture. Bravo pour la cuisson de l'agneau des montagnes, ça et le Valpolicello mmmm…
Nous discutons encore une heure après le dîner. Le vin aidant, - Marina a ouvert une nouvelle bouteille pour accompagner sa tarte Tatin-, notre conversation passe du coq à l'âne. Grany, l'Afrique, les OGM et les ONG, Tina Modotti, les centres de rétention, les migrants, les projets de Marina. Nous buvons trop. C'est la tradition quand on se retrouve.
Je lui raconte les impressions de mon voyage, les humanitaires avec leurs parties de volley, leurs apéritifs et leurs soirées dans leur coin de campement, les départs chaque matin dans les colonnes de jeeps.
- De France, on imagine les grands aventuriers courageux, le danger, la générosité pure. Sur place, il s'agit d'autre chose, plutôt un secteur économique qui roule.
- Vraiment ? Tu n'exagères pas un peu ? Il y a d'autres domaines –plus rentables quand même ! Ce sont des volontaires, non ? Tu ne deviendrais pas un peu

cynique ? Chercher le profit comme motivation principale, on dirait Grany.

J'ai conscience d'avoir repris telles quelles certaines expressions d'Antonio.

Je m'en veux.

- Tu travailles sur quoi en ce moment, à part ton collectif et tes chambres d'hôtes.

Marina évoque un projet de roman- des gens se retrouvent dans un train qui ne s'arrête jamais et tourne en rond. Ils passent régulièrement devant les mêmes paysages et les mêmes gares. Au bout d'un certain temps ils se rendent compte qu'ils sont morts et tissent entre eux des rapports en profitant de leur expérience, avec des flash-backs sur cette première vie, ce qui permet de nouer plein d'histoires différentes…

- Ca peut être bien. Il te reste à l'écrire maintenant. Mais j'ai déjà vu ça quelque part non ?

- C'est possible ma chérie. Tu sais, quand je m'ennuie je regarde Netflix. Il y a plein de séries avec des vieux flics déprimés.

- Donc souvent tu t'ennuies ?

Je lui demande si elle ne regrette pas d'avoir coupé presque tous les ponts avec Paris.

- Mais non ! pourquoi ?

- Tu pourrais avoir la nostalgie des soirées animées, de tes amis, tu pourrais t'angoisser toute seule dans ta montagne ?

Ça l'agace. Elle prend un ton péremptoire

- D'abord je ne suis pas seule, il y a Christina et quelques personnes des environs, ce groupe de jeunes … pour faire la fête de temps en temps, boire ensemble et dire n'importe quoi histoire de créer du lien …c'est même la première fois de ma vie que j'ai cette sensation de vivre pleinement dit-elle en ouvrant la paume de sa main vers la vallée obscure avec un geste circulaire. J'ai réussi à trouver la bonne distance. Tu n'as qu'à mesurer le temps que tu passes réellement avec ceux que tu appelles tes amis, demande-toi si la manière dont ces relations affectent le reste de ta vie n'est pas disproportionnée. A quoi ça rime ? tu entends les oiseaux ?

Non, je n'entends pas les oiseaux mais je ressens la masse de la montagne, présence minérale oppressante tout d'un coup.

Les nuits sans lune on est cernées par les murailles qui se rapprochent et étranglent la vallée. Je continue à trouver les cheveux de Marina bizarres, ils brouillent tout repérage, elle s'en fiche maintenant, le regard des autres s'est complètement évanoui, elle a sculpté sa part de monde, l'a creusée et façonnée selon ses perceptions nouvelles. Maintenant j'entends les oiseaux leurs cris discordants, des cris de sorcières je pense, ils tournoient dans la vallée mais je ne les vois pas. Le rire d'Amalia aussi.

- Tu sais, à Paris, reprend-elle, en raisonnant de manière comptable, je ne voyais chacun qu'une vingtaine de soirées par an c'est à dire disons une soixantaine d'heures, sans compter les coups de fil rapides pour mesurer nos avancées ou nos reculs respectifs, nous donner rendez-vous…eh bien je me suis dit que c'était aussi bien d'habiter ailleurs et d'organiser rationnellement le temps consacré à ma sociabilité. Quand je monte à Paris maintenant je fais des packs de sociabilité.

- C'est cool d'envisager l'amitié de cette manière comptable.

Marina a vécu dans un temps discontinu, avec des pleins et des vides.

Elle a connu plusieurs périodes au cours desquelles ses relations et confidents ont changé. Quand j'étais petite, après ma rééducation, il lui était arrivé de m'installer devant un film de Spielberg pendant qu'elle téléphonait à une de ses amies en buvant un whisky et en fumant, comme sous perfusion- boire, fumer, parler au téléphone, maintenir le contact à tout prix, aucune bulle d'air dans le tuyau de perfusion, exercer de manière extrême la fonction phatique du langage, maintenir le lien à tout prix, le contact avec le reste de l'humanité, boire, parler, téléphoner, boire, fumer, une course éperdue pour rester branchée à l'humain. Ensuite elle expédiait mon repas puis reprenait une nouvelle conversation avec une autre complice. Un genre de toxicomanie à la circulation continue de la parole et une vision tragique du monde comme registre, accepter ce registre sous peine d'exclusion de la communauté. Et puis elle a radicalement changé.

Elle a endossé plusieurs rôles successifs. Un que je ne connais pas, avant ma naissance.

Et d'autres. Au fil de ses métamorphoses, elle a essayé des langages, des relations, des postures, des métiers - elle a en a épuisé beaucoup, sans rapport avec ses études, monteuse de cinéma, rédactrice publicitaire, chargée d'études de marchés, avant de se mettre à écrire ses articles psy pour des magazines féminins-.

Grany attribuait cette instabilité à une défaillance identitaire. -Ah oui, et à qui la faute ? Quand on apprend à seize ans qui est son père biologique, ça explique beaucoup de choses, lui balançait Marina.

Ma grand-mère restait de marbre et l'agaçait de questions comme- je ne demanderai pas où tu en es de tes amours- je n'ose pas t'interroger sur ton nouveau poste de rédactrice et au fait ton projet de documentaire, il en est où ? - je ne vois plus Untel, je ne me permettrais certainement de pas te demander si tu le fréquentes encore.

Crise.

Je suis une naine sur les épaules de Marina, naine elle-même sur les épaules de Grany, et ainsi de suite à rebours… je suis une géante sur cette pyramide de naines. Un petit pas pour la femme, un grand pas pour le gynécée avec sa chambre d'ombre où les morts prospèrent, la pyramide se fait tombeau, les filaments s'étiolent de plus en plus fragiles, ténus, friables. Je suis aussi friable qu'une pomme de terre trop cuite dit Lucilius dans un de mes contes enfantins. Je ne me rappelle que cette phrase. Un autre conte aussi, russe je crois. Le héros fuit une armée d'ogres mais un sorcier lui a donné trois objets magiques, un peigne qu'il jette derrière lui et se transforme en forêt de broussailles impénétrables mais pas tout à fait, puis un miroir qui se transforme en lac infranchissable. Nouvel échec. J'ai oublié le dernier objet qui assure le salut du héros.

Ma mère a trafiqué sa vie, elle est passée d'un rôle à l'autre sans s'obstiner à construire l'un plus que l'autre comme s'il fallait essayer plein de vies avant de se décider pour la bonne, la vraie, après les brouillons. Non, encore après, avec un autre homme, un autre boulot, dans une nouvelle maison, ça ira bien la vraie vie. Elle n'a jamais vraiment choisi sauf peut-être sa dernière vie montagnarde, le projet des chambres d'hôtes. Je n'en sais rien.

Le seul motif que Marina a conservé du passé est le ressentiment démesuré qu'elle nourrit à l'égard de Grany, malgré son départ de Paris et son installation à Sargues, il y a cinq ans.

Bon le vin, le voyage, - 4x4, avion, train et break- les braillements des oiseaux et cette pression de la montagne, tout ça m'a achevée. Je me lève de table.

- Marina bonne nuit. Super dîner.

Je remonte mon ordinateur, histoire de regarder quelques photos avant de m'endormir. En rêver, les triturer pendant la nuit pour les envisager autrement le lendemain matin. *Oublier le rire d'Amalia.*

J'aime bien ma chambre, vaste et carrée, murs chaulés, parquets rugueux, édredon lourd. Et la petite fenêtre qui donne ce soir-là sur la neige. Je ne tarde pas à m'endormir, Marcel ronflant à mes côtés. J'effleure son poil râpeux sur les flancs, soyeux sur les oreilles, le cuir de sa truffe, je sens son souffle chaud. Quand je le pousse pour garder un peu d'espace dans le lit, il résiste en s'arcboutant.

C'est mon chien, vieux de quatorze ans- ce qui pour un labrador équivaut au centenaire- le chien que Marina avait acheté pour remplacer le successeur de Léon…Il me reconnaît malgré nos longs éloignements, la membrane opaque qui voile maintenant son regard et la perte de son odorat.

X

Le lendemain, changement de décor, réveil au frais, paysage cotonneux derrière les fenêtres poudrées, odeur de café et de bûches dans l'âtre. Je descends en vitesse après avoir enfilé un long pull déformé et des collants de laine.

Marina a dressé la table du petit-déjeuner près de la cheminée et mis un concerto de Bach. Un instant de vie comme il n'en existe que dans les films, complètement faux, savamment orchestré par ma mère chaque fois qu'elle me retrouve. Faire oublier tout ce qu'on ne dit pas.

Rien ne manque- jus d'orange, croissants, brioches, pain grillé, et en prime le rayon de soleil reflété par les cristaux givrés.

- Bravo, cette fois ci, tu as ajouté la neige. Je ne sais pas ce que tu pourras faire la prochaine fois.

- Ne t'inquiète pas, je trouverai. Encore mieux. Pour ton Antonio, ça va être délicat, il a neigé toute la nuit. Tu pourras peut-être descendre le chercher mais c'est la remontée qui m'inquiète.

- J'attends qu'il m'appelle. La tempête se sera calmée.

- Oui mais il restera la neige boueuse et glissante.

- Bon, on verra. Je sélectionne quelques photos pour te les montrer.

Je m'installe à nouveau près de la cheminée, mon ordinateur sur les genoux, au chaud dans un plaid que Marina dépose sur mes épaules en m'apportant un nouveau café. Avec le jour les murailles se sont écartées et les cris d'oiseaux se sont tus.

A la première image d'Amalia le blanc de la neige se ternit sous une pellicule sale. Ce sont ses mains qui m'agrippent pour que je l'emmène avec moi, c'est la jambe manquante de son grand frère, ses yeux qui me supplient, la cicatrice sur sa joue, trace d'un coup de machette.

J'ai la tentation de fermer le fichier, l'envoyer à Stanislas comme document de travail, tourner le dos au spectacle de la souffrance. Ça suffit la misère- je ferai de la photo de mode. Ou bien je demanderai à Grany de l'argent pour acheter un bateau et trimballer des touristes en Méditerranée. Ou aux Antilles.

Mais je laisse défiler les autres, fascinée.

Une belle photo, celle d'Amalia tendant ses mains pour attraper quelque chose qui se dérobe. Trop belle. Je me suis toujours juré de ne pas faire d'esthétisme avec le malheur. Juste des constats au scalpel sans basculer dans un pathos répugnant.

Marina regarde par-dessus mon épaule.

- Elle est très forte celle-là. Tu pourrais partir de là. Tu raconterais son histoire, emblématique. Montre ce que tu as d'autre.

- Marina, j'en ai plusieurs centaines…. Je n'ai pas fini ma sélection. Ensuite je te les fais défiler en diaporama.

- D'accord et moi je noterai celles qui me touchent le plus. Je jouerai le rôle du regard extérieur.

A ce moment un signal sonore m'indique l'arrivée d'un texto.

C'est Antonio, il pense à moi, baisers partout, je t'aime. Pas un mot sur son arrivée prochaine.

Pourquoi pas un coup de fil ? Il y a un hiatus entre l'intensité de nos rapports dans le camp, leur brièveté et notre éloignement actuel qui jette un éclairage irréel sur cet *amour* et le *fruit de cet amour*.

Bon, remettre à plus tard ce genre de pensée affaiblissante. En plus je ne suis sûre de rien. Ce retard de règles après tout, c'est peut-être juste à cause de la nourriture là-bas ou une panne hormonale provoquée par les perturbations de ma vie nomade.

Je garde mes réflexions pour moi, mets le diaporama en route, en indique le fonctionnement à ma mère.

- Si tu veux t'arrêter plus longtemps sur une photo, c'est cette touche. Et là, il y a les numéros.

Je reprends mes notes et mes listes. Amorcer un début d'organisation. Pour l'histoire d'Amalia, je verrai après. Peut-être ne pas me concentrer sur un parcours individuel mais suivre plusieurs fils.

Mes listes. Camps de Dadaab, Maheba, Boreah, Kountaya, Balata, Askar, Kailahun.

Cinquante millions dans le monde de victimes de déplacements forcés. Clandestins, demandeurs d'asile, tolérés, déboutés, sans état, mis en attente, sans papiers. Réfugiés en camp ou en errance, minorités en exil, refoulés, surnuméraires, déchets humains, parias, internally displaced persons, évacués, migrants, maintenus, expulsés, rapatriés, retournés, missing, invisibles.

Carte jaune, asile temporaire- carte bleue, réfugié.

Rapatriement, intégration sur place, réinstallation dans un pays tiers, encampement, asile temporaire, asile conventionnel, asile subsidiaire.

Irak, Syrie, Soudan, Tchad, Darfour, Ethiopie, Somalie, Erythrée, Afghanistan, Palestine, Côte d'ivoire, Gambie, Sierra Léone, Mali, Guinée, Congo, Sénégal, Libéria.

Anciennes prisons, hangar, casernes désaffectées, double clôture, barbelés, Zapi -zone d'attente pour personne en instance-, résidence temporaire extra territoriale, procédure de prima facie.

Bâches, tentes, toiles plastifiées, cuves, sas, zone de triage, refuge, enclos, jungle, ghettos, zones, grises, squats, zone d'attente, citerne, puits, dalle, portail, couverture, clôture, bloc, hutte, coffee shops, maisons en terre, boite de conserves et bidons pour le toit.

Attentats, invasion, fuite, incendie, amputation, bombes, hélicoptères, viols. La clé de la maison, checkpoint, enceintes.

Je tourne la tête vers Marina qui effleure le touch pad, fixe une photo, revient en arrière, accélère, écrit des numéros et quelques mots sur des post-it.

- C'est vraiment horrible. Elles sont magnifiques ces femmes, raconte…

Elle a pris une voix atone, selon notre code de pudeur- pas de mièvrerie n'est-ce pas.

- Tout à l'heure. J'ai besoin que tu réagisses juste aux images, besoin de distance, d'un autre regard.

Elle porte une sorte de longue chemise de nuit en lainage, un gilet sans manche par-dessus et des bottes en caoutchouc rouges. Toute petite, menue, visage aigu aux pommettes saillantes, ses grands yeux pâles sans maquillage avec ses cheveux en points d'interrogation.

Je lui ressemble un peu, à ceci près que je suis brune et plus grande.

Pourquoi aurais-je dû emmener Amalia avec moi ? Pourquoi me sentir si sombre et si coupable ? Je n'aimais pas le chairman Davis qui autorisait le responsable local à laisser partir toutes les trois semaines des volontaires à la plantation en échange d'un demi-dollar par jour.

Des jeunes garçons et des adultes à peu près bien portants la plupart du temps, désireux d'augmenter la ration allouée par le PAM pour faire vivre leur famille, mais aussi quelques fillettes de 10 ans, comme Amalia, qui ne devaient pas être bien utiles à la cueillette.

Les camions sont venus les chercher alors que j'attendais le 4x4 qui devait me conduire à l'aéroport.

Pourquoi l'avais-je laissée partir ? J'aurais pu l'emmener avec moi.

Oui mais après ? Chez Marina, ça allait encore. Mais après ?

En sauver une, pourquoi pas toutes ?

En sauver une seule, ce n'est pas significatif. Une goutte d'eau dans la mer.

Oui, mais c'était celle-là qui me tendait les mains.

Qui n'a pas pleuré, m'a regardée, assise à l'arrière du camion, puis s'est mise à rire et a tourné la tête vers son frère manchot. Le rire d'Amalia.

 Saletés d'occidentaux, saletés d'humanitaires. Hypocrites, faux culs, grenouilles d'ONG, menteurs. Vous savez très bien nous contenir. Vos camps sont stupéfiants d'organisation. Une logistique qui roule. Des médicaments et de la nourriture qui nous maintiennent en vie. La plupart d'entre nous survivent.

Et Dora, violées elle et sa mère, ensuite elles suivent les *soldats*, Dora leur demande pardon- les victimes demandent toujours pardon- elle devient l'épouse de l'un d'eux. En échange il les nourrit. La mère est perdue.

Peut-être dans un autre camp. Mais il y a une nouvelle attaque. Encore le bruit de la guerre. Mort son *époux*. Elle fuit encore, arrive à un village. Ce sont les habitants qui la conduisent dans ce camp parce qu'ils vont fuir eux aussi.

Les mots qu'elles répétaient comme une litanie, mots que l'interprète avait déjà traduits d'autres petites filles, d'autres femmes à d'autres humanitaires, d'autres enquêteurs, ethnologues, photographes, journalistes, médecins, fonctionnaires des ONG.

Je n'ai pas emmené Amalia avec moi parce que je suis une sale égoïste d'occidentale qui veille à exercer son métier dans les meilleures conditions, qui ne veut pas s'embarrasser d'une fillette.

Deux poids, deux mesures, n'est-ce pas ? Là-bas tu t'attendris, tu te révoltes, tu dénonces la logique des organisations humanitaires.

Mais eux au moins ils font quelque chose. Pourquoi y vas-tu ? Pour témoigner ?

C'est déjà ça.

Tu peux toujours le penser. La compassion ne peut pas être un moteur. Montrer les traces de vie. La mort aussi. Pas de sensationnalisme.

Je pense à Tina Modotti qui a abandonné la photo pour l'utopie communiste, la guerre d'Espagne et revient à Mexico où elle meurt dans un taxi. Un mystère sa mort. Le temps est précieux, chaque minute où tu ne te bats pas, tu la donnes aux puissances de fric, aux puissances de pouvoir, aux puissances de mort. Prendre pied, lutter, témoigner, dénoncer. Je tourne en rond, moi qui n'ai jamais rien fait d'autre qu'étudier et prendre des photos, sans modestie. Une haute idée de moi. Pas autant que ceux qui profèrent, sentencieux- moi je fais de l'Art- Ah bon ? Si vous le dites.

- Marina, tu continueras plus tard, j'ai besoin de mon ordi. Je monte.

Je regagne ma chambre suivie des chiens. J'aide Marcel à se hisser sur le lit et je m'abîme dans la contemplation des photos d'Amalia, notant un peu tout ce qui me passe par la tête, rassemblant mes souvenirs, traquant le détail oublié, envisageant différents points de vue.

L'éblouissement du soleil sur la neige dehors favorise cet état hypnotique d'autant que j'ai mis des boules Quies pour éteindre les cris d'oiseaux qui ont repris et le rire d'Amalia démultiplié à l'infini par la montagne. La journée passe ainsi entrecoupée d'incursions dans la cuisine, à la recherche de mon carburant principal, le thé vert.

Le soleil couchant commence à déposer des tâches pourpres sur le mont de l'Epervier, ensanglante les érables au front de la forêt.

X

Le claquement de la porte me fait sursauter. C'est Marina qui vient d'entrer dans ma chambre sans prendre garde aux courants d'air. J'enlève les tampons de mes oreilles.

- Il est temps ma chérie.
- Temps de quoi ?
- Tu n'as pas oublié le dîner chez Christina ? Prépare-toi vite.

Si, j'ai oublié, dehors l'obscurité est totale. Je m'habille de mauvaise grâce et rejoins Marina qui a du mal à faire démarrer la voiture.

Le blanc se fond dans la nuit, tout relief est aboli, invisible, le gouffre. Marina progresse au ralenti. Le trajet semble une éternité. On se laisse absorber par la chute des flocons. Nous ne parlons pas. Marina reste concentrée sur sa conduite.

Plusieurs voitures sont déjà là quand nous arrivons après avoir suivi la route enneigée qui se transforme en piste avant de s'évanouir.

Le domaine de Christina est composé de plusieurs corps de bâtiments, l'imposante maison de pierre aux ouvertures étroites et un chapelet de constructions basses tout autour, écuries en activité- Christina a quatre chevaux- celliers, remises, tout ça adossé à la muraille qui enserre ce cirque naturel.

Au rez-de-chaussée les cloisons intérieures ont été abattues et on pénètre directement dans une vaste pièce qui fait office de cuisine, salle à manger, pièce à vivre. Plusieurs personnes sont assises autour de la longue table. J'identifie les membres du collectif récemment installé dans la région. Environ mon âge, des tenues chaudes, fonctionnelles. Trois enfants blonds et roses s'amusent à glisser sur le carrelage. Christina m'étreint un peu trop longtemps avant de faire les présentations. - Cyril et Marion ont repris l'épicerie tabac de Cerneste et réouvert l'auberge. Ils essaient de lancer l'idée d'un cinéma en plein air. L'été, bien sûr. Alex et Ludivine se lancent dans l'élevage et introduisent la culture du triticale- Du quoi ? - Triticale, une céréale, un genre de croisement entre le blé et le seigle qui s'adapte à tous les milieux, résiste au froid, une culture très respectueuse de l'environnement. - Un fourrage top top ? - Si tu veux… et leurs enfants, Collette, Jean et Etienne. Alex était avocat à Paris, et Ludivine consultante dans une boite de communication. Ils en ont eu marre, ils ont tout plaqué. (Rires) Et avec d'autres ils ont racheté une partie du village.

- Ah oui, et ça marche ? Vous y arrivez ?
- Ça va prendre du temps mais on a de l'argent devant nous. Nos indemnités de licenciement.
- Et Medhi, Youssef et Mohamed. Ils passent un moment ici avant que leur situation ne soit régularisée.
- Salut.

Je me joins au groupe tandis que ma mère et notre hôtesse se dirigent vers les fourneaux, à l'autre bout de la pièce avec Gaspard, l'homme à tout faire, moitié moine, moitié homo lupus, grand et maigre, peu disert. Je le connais un peu, comme un oncle éloigné.

Il a aidé Marina pour ses premiers travaux à la Lézardière et maintenant il s'occupe davantage du domaine de Christina. Il habite une bergerie perchée et retapée sur l'autre versant, se déplace à pied, en skis ou en raquettes, bricole à droite et à gauche, vit sans télévision ni ordinateur, ni téléphone, ni rien, tout seul dans sa montagne, un genre de moine qui aurait fait vœu de silence, sans l'habit ni l'abbaye. Ses yeux mi-clos et ses dents pointues dénudées par de rares sourires lui donnent l'air sauvage d'un vieux loup aux canines usées et aux griffes rognées. Il sait tout faire, plomberie, maçonnerie, électricité, il s'occupe aussi des chevaux, son métier d'homme en somme, construire, entretenir, protéger.

Drôle de trio. Je les observe. Lui vient des bois ou de sa Chartreuse, Marina sort d'une communauté des années soixante-dix et Christina d'un rendez-vous de chasse. Elle porte de jolies bottes en cuir souple, un jean serré et une veste bien coupée en lainage rouge. Ses cheveux sont attachés mollement par une pince. Difficile de lui donner un âge. On sent les soins permanents de son corps, l'entretien musculaire et sans doute le recours à la chirurgie. On sent l'autorité. On sent l'argent.
Ma mère représente à peu près l'inverse avec son gros pull sur un jupon long et des Crocs. De quoi parlent-ils ? Christina ponctue ses emportées verbales en agitant le tranchant de sa main comme un karatéka s'apprêtant à briser une nuque.
Un cours de cuisine ? des reproches ? Non elle arbore un sourire ravi et jette de fréquents coups d'œil vers nous.
Oui, dans notre groupe, tout se passe bien. Les migrants restent un peu à part me semble-t-il.
Questions, explications, échanges fluides et convergents sur de nombreux points. Des gens en pleine réflexion sur l'humain dans le monde à venir. On se trouve des

affinités, un même degré d'initiation, la connivence des guetteurs.

Notre conversation animée semble réjouir Christina qui nous apporte des bouteilles de vin, passe de l'un à l'autre, animatrice aux éclats de rire parfaitement maîtrisés.

Ma mère et Gaspard épluchent, découpent, moulinent. Là, à ce moment précis, ils extraient du four un plat fumant, les mains entortillées dans des torchons puis le déposent avec mille précautions sur une desserte, le visage rougi et humidifié par la vapeur. Gaspard attrape la main droite de Marina et la met sous le robinet d'eau froide. Elle s'est brûlée ? Gaspard effleure sa joue du bout des doigts.

Je me retourne vers mes voisins qui évoquent le vol d'un lot de passeports vierges dans une préfecture.

Marina et Christina échangent un regard. - oui, et alors ? - on sait qui c'est- ne vous en mêlez pas, ça va chercher loin « faux et usage de faux » en matière d'identité. - ça peut être utile dans un contexte politique particulier. - c'est à dire ? une insurrection populaire ? - vous rêvez tout debout. La conjoncture ne s'y prête pas. Bon maintenant on parle d'autre chose et on déguste ce civet de sanglier. Allez, on mange dans la paix du foyer, dit Christina, on arrête avec ce registre.

 - Et après tout, un petit séjour en prison, quelle importance ? reprend Alex. Une expérience comme une autre, non ?

Gaspard se détourne brutalement des fourneaux, nous rejoint en trois bonds et pose brutalement le plat sur la table. - Bon, ça suffit vos conneries. Plantez votre maïs et foutez-nous la paix. - On plaisantait. - Ce n'est pas une matière à plaisanterie.

Quelque chose remonte. Le ton de sa voix. L'homo-lupus a terrassé le moine.

Les bouteilles circulent autour de la table. On oublie l'éclat qui s'est dissout dans les volutes d'alcool. Les discussions s'entremêlent. A un moment il est question de Marseille et de marlous. - ça vient de là non ? - à Marseille, avant, il y avait le bureau des poids et casse qui permettait aux commerçants de venir faire peser ou mesurer leurs marchandises pour éviter toute contestation entre vendeurs- on devrait instituer ça en ce qui concerne nos sentiments, notre histoire individuelle de manière à ce que personne ne puisse procéder à une révision. Les faire mesurer et consigner par un bureau spécial. - oui, ce serait rassurant. Personne ne pourrait réécrire notre passé. – ta ferme en Argentine Christina ? Vous y faites de l'élevage ? - c'est vrai ça Christina, ton hacienda, tu n'en parles jamais. Pourtant ça pourrait faire une super base de repli, au cas où. - au cas où quoi ? - et pendant qu'on y est, à propos des vieux métiers marseillais, vous pensez quoi de celui de pilote maritime, le type qui guidait les bateaux arrivant au port pour leur éviter les écueils ? On pourrait aussi l'adapter sur un autre plan, plus personnel, une sorte de guide qui nous empêcherait de faire de conneries. - un coach quoi ?

Marion me dit que ma mère est super- ah oui ? tu la connais bien ? - ben plutôt, oui, avec notre projet, elle est au four et au moulin comme on dit, elle rénove sa ferme, elle finance notre projet …

J'ai la sensation d'un nouvel arrivage, des gens que je ne connais pas mais je ne suis plus vraiment en état de communiquer, simple figurante dans un réseau de conversations croisées dont les participants défendent avec véhémence des opinions bien arrêtées. Moi aussi je parle, j'ai l'impression de dire n'importe quoi, mon point de vue varie d'une seconde à l'autre au gré des arguments plus ou moins acceptables concernant des questions qui m'indiffèrent totalement mais semblent des rituels obligatoires.

J'essaie de m'impliquer. Puis Marina reçoit un coup de téléphone, se dirige vers Gaspard, lui parle à l'oreille, revient vers moi.

- On y va ma chérie, toi reste encore, Ludivine et Alex te déposeront.
- Mais non, je rentre avec toi. Un problème maman ?
- Non. Juste un truc à vérifier.

Et puis je comprends qu'on ne me demande pas mon avis. Je n'approfondis pas. Christina les accompagne sur le perron.

A l'intérieur les bouteilles continuent à circuler avec un flot de paroles et de mouvements perdus. Je ne sais pas combien de temps ça dure. Les enfants somnolent dans un coin contre les chiens. On m'interroge sur mon séjour en Afrique. On chante les louanges de Marina et de Gaspard. Je n'ose rien demander sur leur relation. C'est désagréable. Tous ces gens connaissent ma mère mieux que moi. Je les laisse dire, son énergie, sa vitalité, son altruisme. On voit bien qu'ils ne l'ont pas connue en pleine dépression quand elle me collait devant une cassette pour discuter avec ses copines au téléphone. Et puis quelqu'un donne le signal du départ. La grande Ludivine avec son bonnet andin me fait signe.

Nous sortons. Je manque de déraper sur le perron glacé. Je suis engourdie et mes pieds pèsent des tonnes.

On s'enfourne dans la voiture, les enfants derrière avec les chiens, moi devant, coincée entre Ludivine et la portière. Route de Cerneste, Alex conduit. On roule sans parler. Les phares éclairent la voûte blanche des branches enneigées, une sorte de tunnel ouaté et silencieux.

-Ma mère, Gaspard c'est son copain ?

Grommellement de Ludivine qui hausse les sourcils avec une moue dubitative.

- On ne sait pas. Peut-être. Un vrai mystère. Quelques signes. Pas de preuve. On se demande tous.

Et puis je dois somnoler un moment, bercée par la ouate crayeuse sous les roues et me réveille quand le ronronnement du moteur cesse.

-Tu veux qu'on t'accompagne jusqu'à la porte ?

-Non, ça ira, merci.

Gaspard est peut-être encore là. La voiture de Marina commence à disparaître sous le blanc. Je m'extrais. Tout d'un coup ça me gêne d'entrer dans la maison, risquer d'être témoin d'une scène intime. Ma mère ne m'a fait aucune confidence. Je préfère bifurquer vers la grange.

Cette nuit sans lune avec les montagnes en tenailles.

Je tâtonne, l'électricité ne marche pas. Une panne du réseau ? Montée hésitante de l'escalier vers la mezzanine, agrippée à la rampe, enfouissement dans le premier lit. Mon ivresse me donne le tournis. Reviennent les boucles de pensées.

Lancinante, Fanny avec ses jappements.

X

Au réveil semi conscience, sensations auditives confuses, un crissement sur la neige, un vol d'oiseau peut-être et puis je me rendors, sommeil lourd, celui du petit matin, agité par des cauchemars - paysages minéraux enchevêtrés de villes en ruines et d'un arrière-plan maritime, des trains immobiles, en embuscade, tapis dans l'ombre et d'autres qui s'enfuient à toute vitesse, inaccessibles. J'échappe en sursaut à un essaim d'objets tranchants.

Deux perceptions inhabituelles me réveillent complètement, d'abord un son mal identifiable, comme une sirène lointaine, et la curieuse légèreté de la couette. Pas la grosse masse de Marcel.

Quelle heure peut-il être ? Je cherche mon portable à tâtons sans le trouver, ni reconnaître mon environnement tactile immédiat.

Je me lève d'un bond.

L'interrupteur mural ne réagit pas à ma pression. Je me souviens. La panne. Je me souviens de maman et Gaspard dans la maison. Je suis dans la grange.

Retrouver des repères spatiaux. Parvenir jusqu'à l'escalier. Longer le mur. Cette sirène vient de dehors.

Me réorienter, trouver n'importe quelle source lumineuse. Escalier à proximité. Je m'accroupis et progresse à quatre pattes, lance régulièrement la main en avant jusqu'au vide signalant la première marche. Je me relève, me plaque au mur et descends. Déverrouille la lourde porte. Gifle d'un courant d'air. Un gros monticule obstrue la vue. La voiture de Marina complètement enneigée.

Le gémissement de sirène vient de l'autre côté. J'enfile des bottes de caoutchouc et un vieux manteau de lapin accroché à la patère, engourdie par le froid, encore un peu sonnée par le vin de la veille.

Je fais quelques pas, contourne la voiture et découvre une danse barbare, la danse des chiens autour d'une forme sombre sur la neige, incrustation insolite.

Quelle heure peut-il être ?

Combien de temps ai-je dormi ou plutôt perdu conscience ?

L'aube ne tardera pas, déjà ses lueurs percent derrière le grand chêne…J'enfonce dans la poudreuse fraîche.

Ça pourrait être un de ces moments d'innocence absolue avec sensation de toute puissance - la nature, la neige, l'aube qui ravive en moi une source jaillissante, je renvoie la lumière au ciel- un moment de pur lyrisme. Le chant des chiens. Mais non. Ce sont plutôt les cris et les plaintes du chœur antique. Quelque chose de contraire chemine vers moi, appartenant à un monde sombre et malfaisant, quelque chose qui sent le démon et ses acolytes.

Je m'approche. Je sais et je ne sais pas.

Comme si je m'attendais précisément à cette vision. Une forme reconnaissable aux gants et au bonnet rouge, avec encore du rouge à côté, et les chiens qui tournent en rond et donnent des coups de langue sur le corps inanimé et poussent des gémissements.

Je me penche. Marina a les yeux ouverts, légèrement plissés comme on fait pour accommoder sa vue- le froid ou une sorte d'ellipse temporelle, je ne ressens rien. Je suis congelée, derrière le temps et j'observe ce qui se passe comme à travers une vitre. Si les chiens pouvaient arrêter leur cirque.

Je m'accroupis près de Marina. Je touche sa joue.

Ma paume sur son front. Je mesure l'intensité du froid.

Ce n'est qu'une question de temps, les yeux fixes ne veulent rien dire, il y a des gens dans le coma qui vous regardent comme ça et qui sont encore assez vivants pour se remettre à vivre. Mais non je sais j'ai déjà vu la mort en Afrique.

Avec des mouches et sans la neige, de la saleté, l'odeur d'urine, les bourdonnements, les barbelés, les petites jambes d'enfant décharnées, les membres coupés, la mort sale, la putréfaction.

Ici c'est autre chose avec l'air vif mais pour la mort c'est pareil.

Et puis la blessure au côté droit. Tout ce sang qui a coulé. Et le fusil à moitié enfoncé dans la neige. Elle est sortie avec le fusil.

Le souffle tranchant du matin ça vous nettoie la mort, ça lui donnerait presque vie. Quelque chose en moi se met à fondre, une masse compacte dans mon thorax qui se fluidifie. Je dois endiguer le flot, reprendre place dans le temps, reprendre conscience, remettre le temps en mouvement.

 Le jour se lève, la mort claque, les mots s'agglomèrent par segments. Je ne ressens rien. Me viennent à l'esprit des bouts d'histoire qui pourraient me faire pleurer. Je ne ressens rien. Des phrases toutes faites.

 Devant Dieu et les hommes, j'accuse cette femme, Milady de Winter d'avoir empoisonné Constance Bonacieux, morte hier soir.

Appeler le Samu, les pompiers, les gendarmes, la police. Où est Gaspard ? Elle s'est effondrée comme ça au ralenti dans le blanc ? Vidée de son sang après s'être battue. Elle a tiré elle a blessé peut-être. Plus loin, vers la route la neige est grumeleuse, souillée. Crevasses et amoncellements colorés. Pourquoi est-elle sortie ? Pour quel assassin ? Et Gaspard, où est-il ? Je la recouvre du manteau en lapin.

Grany

Au tout début, il y a Maria Gracia, ma mère. Ton arrière-grand-mère.

Elle avait cinq ans quand elle est arrivée en France avec sa famille, les miséreux, les sans-terre du Piémont. En 1900.

- Si tu n'es pas sage, on va te faire manger par les réfugiés. Les réfugiés, les ritals, les piémontais, ceux qui secouent leur vermine sur Marseille. Les envahisseurs qui essaient d'imposer leur langue et leurs habitudes de malfrats. Les délinquants, les paresseux, ceux des cabarets, des filles et du jeu. Les nervis qui jouent du couteau.

Elle a entendu ça. Moi aussi.

Nous étions maudits, infâmes.

- Le crime est piémontais. Et puis ils puent à vivre comme des rats dans leurs taudis. Ils jettent les ordures par les fenêtres. Leur pestilence descend tout le long des égouts, au milieu des rues. Ils ont apporté l'épidémie. En plus ils boivent, les babi, la sale babasaille.

On vient de là.

De cette vermine. De cette honte et de cette haine.

Notre mère, Maria Gracia, raconte vingt fois par jour les insultes et les Vêpres marseillaises et le massacre d'Aigues Mortes pendant la récolte du sel. Quelqu'un du village y était mort, un grand- oncle, un cousin, un voisin, on ne sait plus. Elle change tout le temps de version. Peut-être même pas du village mais d'un autre, pas loin.

Elle raconte quand les Italiens ne pouvaient plus se montrer en ville. Quand c'était la chasse au rital.

Quasiment la Saint-Barthélemy sur la Canebière. Les descentes de Français qui saccagent les cafés et les commerces, les pierres qui fendent le crâne.

- Tout ça à cause des agitateurs. Les agitateurs ! hurle-t-elle.

- Mais tais-toi donc, dit mon père en se bouchant les oreilles. On dirait que tu y étais. Ça s'est passé il y a plus de trente ans. Tu n'étais même pas née. Tout ça a été exagéré par la rumeur.

- Par la rumeur ! Par la rumeur alors qu'il y a eu plus de cent morts !

Notre père hausse les épaules.

- Tu parles ! A peine cinq ou six. Et des Français aussi.

Maria Gracia ferme les yeux, se tord en arrière et s'agrippe à la table comme un naufragé happé par un requin.

- Tu es sans vergogne. Et tu ricanes ! Madonna. Je vous en supplie.

- Tu sais ce qui s'est passé en réalité ? Les patrons ont utilisé les Italiens comme briseurs de grève pour monter les ouvriers les uns contre les autres.

Elle se lève, au comble de la souffrance, en soupirant.

- Sur la Vierge, il ment. Il ment sans vergogne.

Et puis elle recommence à hurler.

- Les patrons. Qu'est-ce qu'ils ont fait encore les patrons ? C'est déjà bien beau qu'ils donnent du travail aux vauriens comme vous. Je ne me laisse pas entraîner par les agitateurs moi. Et si vous continuez avec votre politique, tout ça va recommencer.

- Tais-toi, répète mon père, la paix s'il te plait, la paix !
Il a parlé un peu plus fort, gonflé ses narines et fait mine de prendre sa casquette.
- Tu ne sais pas ce que tu dis. Respecte-moi. Au moins devant les enfants.
Il souffle, inspire à nouveau et ses narines vont exploser.
- Te respecter, alors que tu n'es qu'un imbécile qui se laisse entraîner par les agitateurs sans penser à sa famille. Entraîner.
Elle hurle. C'est son mot « entraîner ». On dirait qu'à part elle, personne n'est libre de ses choix.
- Entraîner. C'est ça, je me fais entraîner dit notre père.
- Parfaitement. Entraîner. Entraîner. Influencer. Tu es le couillon de service.
- Et pourquoi ce ne serait pas moi l'agitateur, celui qui influencerait les autres ?
Il a encore haussé le ton, gonflé un peu plus les narines.
Il prend sa casquette, se lève et s'en va.
Elle se laisse tomber par terre de rage, comme si on l'avait bourrée de coups et violée.
- C'est ça, va au bistrot. Va retrouver tes camarades et ton parti ! Ils t'aideront bien le jour où tu seras dans le ruisseau à pourrir, ceux-là. Et moi je me tue au travail…tu me fais mourir à petit feu…je vais m'en aller et vous ne me retrouverez jamais.
Elle continue à pleurer des larmes de rage et sort le linge qu'elle a rapporté à la maison comme une preuve- ce qu'elle est obligée de faire, n'est-ce pas.

Notre mère, Maria Gracia, est lingère chez des bourgeois. Elle les trouve distingués tellement raffinés, beaux, riches. Des italiens venus deux générations avant. Des Vidali qui ont enlevé le « i ».

- Et simples comme tout. Madame Irène vient à la cuisine donner un coup de main. Elle met la main à la pâte quand elle donne des dîners. Je crois qu'elle m'apprécie beaucoup.

Et c'est les Vidal par-ci et les Vidal par-là.

- Hier ils sont allés à l'Opéra- ils ont invité le préfet- elle m'a dit, ma petite Maria- elle m'a donné une robe- on a bien ri avec Madame-

Depuis qu'elle travaille chez eux, notre mère a pris une drôle d'habitude. Elle tient son couteau et sa fourchette comme un stylet ou un crayon, mollement, dans un cercle formé par le pouce et l'index. De ce fait elle n'a aucune prise pour couper les aliments, semble les effleurer délicatement et elle met des heures à manger, les yeux dans le vague.

Les Vidal sont d'origine italienne mais entre eux et nous, il y a autant de kilomètres qu'entre Naples et l'Amérique au temps où les steamers n'existaient pas.

Ernesto Vidali, le grand-père, a fait fortune dans l'industrie alimentaire. Dans sa fabrique de pâtes il a inventé un four spécial qui permet d'augmenter la production.

- Oui, et les autres ils sont nés en France des spaghettis en or plein la bouche. Ils n'ont eu qu'à apprendre à les manger. Surtout lui.

- Qui ça lui ?

- Le nullard de fils, le Luigi. Ton patron, le mari de ta patronne. Et celle-là l'Irène de machin elle était trop moche pour trouver un mari dans sa classe d'exploiteurs et de fainéants alors son père a donné beaucoup d'argent à Luigi pour qu'il la prenne. Comme ça, ensemble ils sont devenus encore plus riches.

A la maison toujours c'est la guerre. Cris, gifles, roulements d'yeux qui font peur et faux évanouissements. Maria Gracia est enragée les trois quarts du temps.

Je comprends longtemps après qu'elle rêvait d'avoir une pièce à elle pour broder un ouvrage, jouer du piano, recevoir des amies. Bon n'importe quoi quand tu vis à peine avec six sous. Elle reproche à notre père d'aller servir la cause des agitateurs au lieu d'inventer quelque chose, je ne sais pas moi, une machine qui les ferait devenir riches.
Elle est rongée par l'humiliation, cette impression de ne pas avoir de ticket d'entrée, cet acide. De l'extérieur on ne dirait pas, elle est tout sourire. Les voisins disent- une femme charmante.
 Elle soigne son allure, nos vêtements. Qu'on fasse bonne impression. S'intégrer, faire oublier la sale image du Piémontais.
Encore heureux qu'on n'était pas napolitains. Les napolitains c'étaient les immigrés des immigrés. Des voleurs, et tu parles, et tu chantes, et tu en profites pour voler et en faire le moins possible.
En même temps Elle est la princesse qui attend son palais.

Au début, avant ma naissance et celle de Jeanne, elle croit encore qu'elle peut arriver au sommet de l'escalier monumental, nimbé d'une brume dorée, marche après marche, ou plus vite en les sautant dix par dix, si mon père voulait bien essayer d'inventer un truc qui changerait tout.

Depuis qu'elle s'est mis ça en tête elle pose plein de questions pour essayer de comprendre comment marchent les machines et quel outil miraculeux pourrait augmenter le rendement.

Ensuite elle restera couchée, les yeux grand-ouverts, la bouche pincée, à fixer le plafond comme un cadavre de reproches.

La guerre passe par notre tête d'enfants.

On est plutôt du côté de son côté à Elle. C'est Elle qui nomme notre monde et lui donne forme.

Notre père n'est presque jamais là. Il part à l'aube, rentre tard. Et pendant son jour de congé, il dort.

Maria Gracia avec sa peur sa honte et sa colère, Elle s'est insinuée en nous. Elle s'agite et cogne dans nos têtes. Elle nous occupe comme un despote, pire que les Allemands, plus tard. Elle crie dehors, Elle crie dedans.

Nous sommes des morceaux d'Elle, des bourgeons encombrants et monstrueux qu'elle a vus pousser un jour avec méfiance. Elle nous admet à condition qu'on ne la contrarie pas, qu'on ne lui réponde pas, surtout nous, les filles…les garçons ça peut aller…ils répareront l'offense primordiale, justifieront sa condition en devenant ingénieurs ou cadres mais nous les filles, elle nous hait.

Je comprends ça un jour pendant qu'elle parle avec Josette la voisine- elles m'énervent tu comprends pourquoi elles m'énervent, toujours à demander un truc ou à pleurnicher, elles ont déformé mon corps, la première j'ai essayé de la faire passer, on n'avait pas les moyens , deux garçons c'était déjà dur mais là je sentais pas comme avant, dans mon ventre ça gigotait de tous les côtés   comme un démon, je suis allée voir la mère Giuseppa qui sait les faire passer et elle m'a dit que c'était trop tard, elle ne pouvait plus rien , faudrait faire avec sinon c'était un assassinat et je risquais d'y passer moi aussi. J'ai insisté je lui ai proposé toutes mes économies. Et elle m'a parlé du bon dieu- je m'en fous du bon dieu, tu entends, il ne m'a pas fait de cadeau le bon dieu. Elle n'a rien voulu savoir cette tête de pioche de Giuseppa. D'abord Jeanne et ensuite l'autre, je n'ai même pas essayé et maintenant elles me font mourir à petit feu. Heureusement qu'il y a les garçons. T'as de la chance d'avoir que des fils, ils te protègeront sans gémir au moins.

Répondre et La contrarier représentent pour nous des péchés mortels. Il faut demander mille fois pardon. Elle n'est jamais rassasiée par nos repentirs. Ce qu'on a fait est tellement grave qu'on ne peut même pas comprendre de quoi il s'agit.
Elle parle mal de notre père.
- Plus tard vous comprendrez, Elle dit. Il n'est pas méchant non mais c'est un faible. Il se laisse influencer.
Nous aussi nous tenons de notre père notre sommes influençables- si on émet une idée qui lui déplait, c'est le petit Granolo, ce fils de bolchéviques, de rien du tout, qui nous a influencés.
Elle nous compare toujours aux petits Damiani, qui eux sont absolument parfaits, comme leur père, contremaître aux Grands Moulins et leur mère, qu'elle rencontre à la messe des Accoules le dimanche.

Un jour, je couperai ce qui me relie à Elle, à la hache s'il le faut.

Ce sera long.

Ta mère au début, elle projette son ombre sur tout l'univers.

Quand ils hurlent tous les deux en même temps, je rétrécie, j'ai l'impression d'être anormale.

Nos frères sont plus grands, nés pendant la grande guerre.

Ma sœur Jeanne, juste après et moi par accident plus tard.

Nous avons tous deux prénoms, un Italien, un Français.

On n'y comprend rien.

Notre père, Sandro Ciucci, a traversé les Alpes en 1910.

A pied, en charrette de temps en temps.

Il voulait prendre un bateau pour l'Argentine mais finalement il est resté là, sur le Vieux port.

Sur les premières photos on voit un groupe de jeunes hommes en tenue d'ouvriers qui se tiennent par l'épaule.

Ils regardent l'objectif et prennent la pose, l'air fier et joyeux.

Mon père est au centre. Fier, farouche. Sourire carnassier à la Burt Lancaster

Au début, il est journalier et chaque matin il va chercher l'embauche au cours Belsunce. Il accepte les travaux dont les Français ne veulent pas - fonderies, construction métallique, tuileries, raffineries. Il faut juste éviter la chimie où la peau s'arrache, se couvre de plaques rouges et les cimenteries avec la chaux qui brûle les yeux.

Ensuite, il travaille pour la Compagnie des docs au nouveau port de la Joliette ou à celui d'Arenc. Les marchandises y circulent dans tous les sens, coton, graines, sucre de canne, arachides, coprahs qui viennent d'Algérie ou de plus loin, par le canal de Suez.

 Et en sens inverse, les briques, les farines, les savons, la glycérine, l'huile, les céréales. Il rêve. Il se sent bien à l'ombre des grands hangars vitrés qui abritent les parties de boules pendant la pause. Il regarde les attelages des carrioles conduites par quatre chevaux en file indienne avec des montagnes de sacs et de caisses.

Depuis peu des toiles transporteuses électriques aident au déchargement.   Il préfère ça à la mise en sac de l'anthracite sur le Quai au charbon ou au criblage des arachides.

Un jour il croise Maria Gracia, petite flammèche vigoureuse, enragée de vivre. Cette folle qui croit encore à son avenir de conte de fée.

Ils viennent de la même vallée dans la province de Vercelli mais elle est à Marseille depuis son enfance. Son père travaille au tramway. Il ambitionne.

J'ai du mal à me la représenter comme ça, toute souriante et légère.

C'était une autre quand je suis née.

Je ne sais pas ce qu'il lui raconte mais il est beau, il a de la prestance. Elle imagine qu'elle va vivre en princesse.

Sandro scintille de dents voraces, d'éclats yeux ombrés. Et cette peau soyeuse sur la charpente fine, les muscles étirés, tout annonce la volupté et l'énergie.

Ils se capturent et font des projets poussés par le beau-père qui donne toujours les Vidali en exemple et on entend mille fois l'histoire - le vieux Vidali, il a commencé comme ouvrier dans une minoterie et à force d'économies, avec sa femme ils ont acheté une épicerie, et puis ils sont passés à la fabrication industrielle de la farine en louant le moulin Bougainville, et surtout, il a inventé un four spécial.

Le père de Maria Gracia, Michele, leur dit qu'ils peuvent faire aussi bien. Mieux peut-être, il les aidera, il économise. Il cite d'autres exemples. Ça ne manque pas, à Marseille, les réussites de Piémontais dans le commerce et l'industrie. Les Storione, les Feltrini, les Scaramelli…

C'est avant la grande guerre. Personne ne crie et tout le monde espère. Je ne suis pas encore née. Ni ma sœur.

Sur l'album de famille on voit la famille dans les Allées de Meilhan - qu'on n'appelle pas encore La Canebière- Michele en costume et chapeau, barbichette à la Napoléon III- Maria Gracia en corsage blanc, longue jupe fleurie, et Sandro, sourire et cheveux drus. En arrière-plan, le pont transbordeur.

Ensuite Sandro entre aux Messageries maritimes.

Deux garçons leur naissent, Laurent et Antoine (alias Adriano et Tonino, ce truc de dingue des deux noms).

Elle y croit encore.

En 15 Sandro s'engage pour la France dans un régiment italien. Son beau-père, Michele, est fier. C'est comme une démonstration de francitude. Ça vaut bien un certificat de naturalisation.

Mais non.

Quand Sandro revient, il a des tranchées dans la tête et il dit que c'était bien la peine.

Ensuite il semble tout changé sur les photos. Sur celle de la guinguette au Prado, plus de sourire éblouissant ni de lumière aux yeux, il a beau soulever son canotier en faisant le pitre.

Elle, on ne sait pas, son visage est à l'ombre d'une capeline en toile blanche. Ou rose.

Sur la photo de l'exposition coloniale, Laurent et Antoine sont en costumes marins. Cheveux longs bouclés en anglaises.

Comme ça on dirait une famille heureuse qui se promène au parc Chanot et prend la pose devant le Palais de l'Indochine. Presque des bourgeois.

Ma sœur Jeanne et moi ne sommes pas encore là. Nous allons naître de rien, pour le malheur et pour le pire.

Toutes les deux, on vient après la grande guerre, après tout- l'amour, le bonheur, l'espoir, l'ambition, tout ça.

On naît après, et en plus, on naît filles.

A ma naissance, Maria Gracia refuse de me voir et se tourne contre le mur. Elle crache ou vomit, un truc comme ça. Ensuite notre père ne se souvient plus- c'est quand même lui qui m'a raconté ça, un jour de fureur contre Elle - ensuite il dira que ça n'a duré qu'un instant et qu'Elle a fini par me prendre dans ses bras.

Contrainte et forcée par les infirmières sans doute, elle attendait un garçon et j'étais à nouveau une fille - tu parles de la déception.

On finit par me donner un double prénom Laeticia/ Madeleine. Comme on veut. A la maison on m'appelle Léa ou Mado. Ça me rend dingue mais je ne sais pas encore à quel point.

On habite un deux-pièces, les parents dans la salle à manger, les enfants dans la chambre. Donc il y a Laurent/ Adriano, Antoine/ Tonino, Jeanne / Maria et moi Laeticia alias Mado, huit pour ainsi dire.

Des matelas par terre, d'autres cachés derrière des tentures.

Sandro passe chef d'équipe aux Messageries Maritimes. C'est lui qui recrute les dockers et distribue le travail tous les matins. Il gagne un peu plus mais pas assez pour qu'on puisse s'agrandir et recevoir.

Son rêve à Elle, c'est d'avoir un jour une vraie salle à manger où elle pourra recevoir.

Elle attend le jour de la Réception, Elle va leur montrer.

Le jour de la Réception, Elle sera parvenue au milieu de l'escalier.

Une fois madame Vidal donne à Maria Gracia deux places pour une représentation à l'Opéra. La Tosca, en plus.

Ça peut faire attendre le jour de la Réception. Notre père insiste pour qu'elle aille acheter une robe aux Nouvelles Galeries.

- Mais voyons, on n'est pas assez riches. Je vais la faire moi-même. On n'est jamais que des ouvriers. D'ailleurs je me demande si c'est vraiment notre place l'Opéra.

Bien sûr, elle n'en pense pas un mot. C'est juste pour humilier Sandro.

- Tu as raison. Nous sommes des ouvriers. Mais tu iras quand même t'acheter une robe aux Nouvelles Galeries, et la plus chère ! et un chapeau ! Les ouvriers peuvent aller à l'Opéra. D'ailleurs Lénine a dit qu'il ne voyait pas pourquoi les ouvriers n'auraient pas le droit de se baigner, eux aussi, dans des baignoires en or !

- Tu vois, tu vois, ton Lénine, s'étrangle Maria Gracia…Maintenant je n'ai plus envie d'y aller.

- Comme tu veux. On n'est pas du tout obligé.

Elle part s'allonger, les yeux dans le vide, après avoir claqué les portes.

Ensuite ils font semblant d'oublier la dispute.

Quelques jours plus tard mon père évoque la soirée à l'Opéra, comme si elle n'avait jamais été remise en question.

- Tu t'es occupée de ta robe ?

- Oui.

La couturière l'aide à mettre une robe de madame Vidal à sa taille.

- J'aurais préféré que tu en achètes une.

- Une comme ça, on n'aura jamais les moyens de l'acheter. Et puis elle sera tellement modifiée qu'on ne la reconnaîtra pas. Comme neuve. Et toi qu'est-ce que tu vas mettre ?

- Le costume du mariage ira très bien.

Mais le matin de la représentation, les dockers se mettent en grève pour réclamer trois francs de plus. Notre père se trouve à leurs côtés quand les nervis envoyés par la direction des Messageries interviennent.

Dans la bagarre, Sandro est blessé à la tête et reste inconscient un moment.

Notre mère, habillée, parée, bichonnée, l'attend.

Que se passe-t-il dans sa tête pendant toutes ces heures ?

S'inquiète-t-elle pour lui ?

Elle rumine l'outrage qui lui est fait.

Quand il rentre, elle est couchée, ses yeux morts fixés au plafond.

Ça remonte à ça, les cris, le désespoir et la folie.

On se met à patauger dans un marécage de drames.

Et puis il y aura Jeanne qui tombe enceinte à quinze ans, tu parles dans une famille italienne où on se comporte en bons catholiques. On la traite de vicieuse on la gifle on se demande comment on a engendré une horreur pareille comment elle a pu. Jeanne ne dira jamais qui est le père. Têtue comme une mule, Jeanne.

Nouvel outrage qui lui est fait, à Elle.

Crise, convulsions, claquage de portes. Sainte Grâce part revient attrape Jeanne la pousse par terre. Piétine son ventre. Hurlements. Piétinements et crises de rage. On se tait. On regarde. La folle nous a imposé sa logique. Jeanne est un monstre une dépravée une vicieuse une horreur c'est quoi une fille de 15 ans qui se fait engrosser par personne ?

On éloigne Jeanne à Aubagne. Que vont penser les voisins ?
A sa naissance, l'enfant est mis en nourrice. C'est une petite fille- Véra-.

Et puis Maria Gracia change d'avis, fait revenir les deux.
Elle est maintenant Grand-Mère-Courage qui porte dignement la honte familiale, Sainte Grâce.
C'est vrai qu'Elle s'occupe de la petite, la promène comme un trophée dans les rues du Panier.
On ne sait pas pourquoi Jeanne obéit. Elle pourrait s'enfuir à l'autre bout du pays avec son bébé. Non, elle se soumet, manière d'expier.
Véra tombe malade.
Elle meurt à dix mois.
Il ne fait pas bon naître fille dans cette famille.
Notre mère s'empare de cette mort et prend le deuil.
Apothéose de Maria Gracia.
Elle se complait à raconter ses malheurs, sa douleur …elle gémit, elle s'épanche, elle parle à n'importe qui, sans pudeur.
Elle qui ne voulait pas de cette petite fille, elle a trouvé le rôle de sa vie. Tragique absolu.
Elle efface ma sœur Jeanne, son amour, sa maternité, endosse son deuil.

Elle a oublié les coups de pied dans le ventre. Elle refait l'histoire, invente les détails, truque la réalité. Aubagne, c'était pour que la grossesse se passe au calme. La nourrice- parce que Jeanne n'était pas capable d'élever son enfant.

Sainte Grâce réquisitionne, instruit le procès avec son air sévère, ses yeux rouges et secs, pardonne dans sa grandeur d'âme.

Si Jeanne veut s'occuper du fils d'un voisin- Il n'a pas de bonnet, avec ce mistral ! Tu pourrais faire attention, ma pauvre Jeanne, tu as pourtant un précédent fâcheux.

Désormais la maison ressemble à un mausolée dédié à Véra.

Des photos partout. Des coussins brodés à son nom, à son effigie, un autel- bougies, statuettes de la vierge, figurines phosphorescentes-.

Quand on fait une réflexion, elle nous fixe droit dans les yeux avec son regard rouge sec- Vous l'avez déjà oubliée ?

Nouvel outrage qui lui est fait à Elle, Sa Grandeur Maria Gracia.

Jeanne se ronge de douleur et de culpabilité.

Elle va entrer dans la folie.

A cause de ça j'aurais pu tuer la Sainte Grâce. Mais je ne l'ai pas fait. Plus tard je me tromperai de destinataire.

Laurent/Adriano monte à Paris.

Il reste moi et Tonino.

Pas pour longtemps.

Il faut partir, s'arracher au continent empoisonné.

Pour que la colère s'apaise, que les idées se clarifient, il faut être en mesure de quitter le territoire principal, apprendre à dériver dans les courants. Les suivre les uns après les autres jusqu'à ce que tu trouves ton île.

Moi j'ai mis longtemps avant de trouver la mienne.

Enfin la première, parce que derrière, il y en a eu beaucoup d'autres, cachées les unes derrière les autres.

Il a fallu la mort de Véra, 36.

Mon oncle Mario, le petit frère de notre mère arrive à Marseille, j'ai huit ans. On est en 32.

Il est beau. Je suis sa chérie. Il me promène au parc Borelli avec Tonino.

Mario me tient par les épaules et il dit en rigolant à ses copains qu'il m'épousera plus tard parce que je promets.

Une fois qu'on flâne tous les trois après une réunion où il nous a emmenés, j'ai très peur. On entend un bruit de cavalcade derrière nous. Mario nous pousse derrière une porte cochère et on voit des types en chemises noires avec des gros gourdins courir et rouer de coups un ami de Mario qui était à la réunion avec nous.

Le soir il y a encore des cris à la maison.

Une dispute entre papa et Mario et Tonino d'un côté, maman de l'autre. Elle pleure.

Ils crient tous en italien. Mario claque la porte puis il revient et me parle à l'oreille. Il ne va pas loin, à soixante kilomètres, dans un autre port. On se verra souvent. Il va construire de beaux bateaux. Ici, des méchants l'ont retrouvé.

Après je comprendrai qu'il a fui le régime fasciste et que les *squadristes* faisaient des incursions punitives en France contre les gens comme lui, les *fuoriusciti*.

Il se fait embaucher à la Seyne sur mer, aux Forges et Chantiers de la Méditerranée.

On ne le voit plus jamais. Et on n'a plus le droit de prononcer son nom sinon sainte Grâce crie ou pleure ou les deux et notre père par là-dessus.

Tonino a rejoint Mario à la Seyne sur mer.

Ce n'est pas la vie qu'Elle voulait, ni le mari, ni les enfants, tu parles, entre Tonino, Jeanne et moi, quelle déception.

On la fait mourir à petit feu, on ne lui apporte aucune satisfaction, aucune- sauf Laurent, lui, un jour peut-être ? mais nous rien, nada, mais alors pas ça. Elle fait ce geste avec l'ongle de son pouce contre ses dents. On ne la comprend pas, personne ne la comprend, hurle-t-elle parfois avant de s'enfermer dans la chambre pour nous effacer.

Pendant les repas plus personne ne parle.

En 36, Mario et Tonino nous surprennent, une fin d'après-midi.

J'ai douze ans. Mario dit que je tiens mes promesses.

Ils ont un sac en toile sur le dos et partent en Espagne aider les Républicains.

Maria Gracia hurle qu'ils ne serviront à rien, qu'ils n'ont jamais appris à se battre.

Ils ont déjà de la chance d'être en France, pas expulsés, alors faut pas exagérer.

Moi non plus, je ne veux pas qu'ils s'en aillent. Mario défait le foulard rouge qu'il porte autour du cou et me le donne.

Sainte Grâce se met devant la porte pour les empêcher de partir, se roule par terre et demande ce qu'elle a fait au bon dieu pour toute cette misère.

Elle crie que ce n'était pas la peine de quitter l'Italie et que Mario et Tonino ils n'ont qu'à y retourner. Au moins ils se battraient dans leur pays.

- Tu veux qu'on soit assassinés, ou pendus sur la place du village ?

Elle crie qu'ils risquent de nous faire expulser, tout le monde, Elle qui a travaillé si dur pour nous élever, la maison, tout ça……

Elle recommence avec sa mort à petit feu.

Ma mère, elle trois clapets ouverts dans le cerveau, les clapets « intégration », « outrage » et « tragédie », elle est un vampire à malheur. Elle l'aspire jusqu'à plus soif.

Mon père, mon oncle et mon frère, ils en ont d'autres, justice sociale, révolution.

Moi j'ai tout à la fois, à tour de rôle, plus d'autres que j'invente.

Marilyn et Marina, elles ont dû en avoir encore plus, seize chacune au moins si on continue cette logique, et toi, n'en parlons pas, au moins 16x16…Si tous tes clapets sont ouverts en même temps, quel vacarme ma chérie !

Pour finir, Mario et Tonino rejoignent la colonne Garibaldi.

Bon, tu connais l'histoire. Ça tourne mal.

Après la prise de Barcelone, ils passent la frontière dans l'autre sens, au Perthus. La frontière est ouverte le 28 janvier 39.

Ils marchent avec des colonnes de civils et l'armée républicaine en déroute, mitraillés tout le long par l'aviation franquiste.

La légion Condor a déjà fait ses classes.

Retirada. Cinq cent mille, tremblants de froid, ils arrivent sur les plages du Roussillon. Le froid qui gifle, la mort qui souille. C'est Andrej qui me racontera ça.

Tu crois qu'on les attend pour les réchauffer ? Oui, on les attend. Surprise.

Cueillis par la gendarmerie française. Camp de Barcarès.

Les barbelés, la boue, le froid, le sable glacé.

A la gare de Latour de Carol, des hommes, des femmes et enfants sont couchés sur le ciment. Certains prient. La paille sert de litière aux blessés, une paille rouge de sang.

Ils s'endorment au fond de fossés couverts de branchages. Les nourrissons meurent de froid- les spahis gardent les camps.

D'abord, on les appelle « camps de concentration », ensuite on change de nom.

Les gendarmes ne sont pas franchement accueillants. Quand les Républicains espagnols entrent dans Argelès, quelques habitants lèvent leur point fermé, donnent du pain aux enfants.

Des commerçants retirent les marchandises des étalages. Toujours la même histoire, ces immigrés, voleurs, voyous, métèques. Méfiance.

Ce sont des hors-nous, des qui dérangent.

Ils annoncent ce qui va suivre.

Argelès c'était l'enfer, dira Andrej, les marécages, la mer toute grise, les barbelés. Trouver un abri. Le sable, s'enterrer dans le sable avec une couverture pour se protéger du sable, du vent. Monter des huttes de roseaux et de planches, colmater avec la boue ou l'herbe. Ils sont sable. Ils utilisent tout. Les carcasses de voitures, les vieux pneus. Partout c'est mouillé. Dysenterie, eau mauvaise, mort des enfants.

Malgré tout ça, ça s'organise. Les communistes savent faire.
Mario et Tonino ne sont plus tellement communistes.
Mais la mort rôde, repère, fait des piquer et du rase-mottes. Alors tu obéis à ceux qui savent comment l'affaiblir. Tu t'en fous des divergences idéologiques.
Même si ça vient de Moscou qui ne pense qu'à renforcer ses positions. Même si tu te fais manipuler. Tu as l'instinct de survie. Tu suis ceux qui ont l'habitude d'organiser pour éloigner la mort qui gicle de partout.
Tu participes au bulletin mural avec les Polonais, très aguerris. Tu participes au plan d'éducation, cours de Français, Allemand, Russe, Italien, Espagnol, mécanique.
Tu te mêles aux débats, tu ajoutes ton grain de sel pendant les réunions.
Tu ne sais rien. Tu as le nez collé dans la boue.
Qu'est-ce qu'ils savent de plus que toi à part des mots d'ordre qu'ils reçoivent par un canal secret, des mots qui fixent juste une ligne politique ? Ils savent survivre.
Tu deviens comme eux. Tu comptes les morts chaque matin, tu extrapoles et tu calcules. Tu discutes et tu négocies avec les autorités françaises.
Tu comprends que certains savent et que d'autres meurent.
Tu participes à l'organisation du troc. Du lait concentré contre une paire de bottes. Une couverture contre une ration alimentaire.
L'organisation, c'est la base. Ils ont beau dire les anarchistes. Personne n'a envie de crever libre. Libre de quoi ?

Ils organisent des fêtes, des saynètes, des concerts.

Et puis il faut éliminer le problème. Les volontaires des Brigades sont séparés par nationalité.

Mon frère, mon oncle et Andrej, que je ne connais pas encore, sont transférés à Gurs, d'autres à Saint Cyprien.

Et puis le 10 juin 40, quand Mussolini entre en guerre, tout se mélange.

L'administration française amalgame. Elle a déjà interné des allemands antinazis au camp des Mille. Elle garde en détention les républicains espagnols et les antifascistes italiens.

J'enferme les ennemis de mes ennemis, qui ne sont pas forcément mes amis, en tout cas des étrangers. C'est déjà ça d'enfermé.

Plus de morale républicaine, juste des vaincus, des agresseurs, des sans-papiers, autant d'identités indéchiffrables pour un fonctionnaire ou un sous ministre. Ou un ministre.

Mon oncle et mon frère ont tous les défauts. Italiens. Brigadistes, communistes, ouvriers, révolutionnaires en Espagne, métèques, tout ça. Allez, on fait un lot.

- Ennemis de la France.

- Ennemis des puissances d'agression quand même ?

- Quoi ?

- Oui, ils se sont battus contre les alliés de l'Allemagne nazie.

- Allez faire la différence. Un rital ça reste un rital. Coco de surcroît. Bon, on n'y comprend rien à vos salades. Allez, tous dans les camps. On verra bien après qui aura raison.

Oublié le combat aux côtés des Républicains espagnols. Rangés dans la case « ennemis de la France ».

Ça m'a fait drôle ma chérie, de voir tes photos, les camps aux portes de l'Europe, en Europe même.

Tu vois là c'est un vieux clapet qui s'est ouvert. Tu m'obliges à le garder entre-baillé avec tes photos. Pourtant, je peux te dire que je l'avais cimenté celui-là. Je pensais qu'il ne laisserait plus passer la moindre souffrance, la moindre émotion.

Ensuite ils s'évadent de Gurs, rejoignent les FTP-MOI.

Moi depuis l'histoire de Jeanne, j'ai décidé de ne plus être la bonne fille qui fondera une nouvelle famille d'esclaves.

J'habite la haine et la révolte.

Sa Grâce, martyre en chef, continue à fixer le plafond. Jeanne ne parle plus, occupée à édifier sa muraille de silence.

Sandro, mon père, bon, il sabote comme il peut. A la maison il se tait.

Un jour, sans prévenir personne, je prends ma bicyclette et je pars en quête des vivants.

Dans leur maquis de Saint Maximin, Mario et Tonino entendent parler d'une gamine qui pose trop de questions.

Je me fais embaucher comme cuisinière au couvent des Dominicains. Les frères tiennent une école hôtelière, accueillent des jeunes filles juives allemandes et les font passer pour des catholiques alsaciennes. Moi je suis née française. Droit du sol. Baptisée. J'ai emmené tous mes papiers et certificats. C'est utile.

Le père Nora me confie des missions de courrier. Je m'occupe aussi de monnayer des tickets d'alimentation volés dans les mairies.

Des gens de Paris ou de Londres font de courts séjours au couvent.

Et puis on nous informe que la situation devient dangereuse pour les pensionnaires.

Il est préférable de les disperser.

Je m'établis à la ferme Luchon. Avec madame Lacassagne et ses deux filles, on aide au tri des armes parachutées, on les éparpille dans la grange, sous les bottes de foin.

On ne les voit jamais arriver ni repartir. Les arrivages et les retraits s'effectuent la nuit, pendant qu'on dort. Evidemment je guette. Mais je ne vois jamais rien. Je dors toujours au mauvais moment.

Je continue à chercher, à m'informer. Je me promène là où il ne faut pas.

- Pas de noms s'il te plait. Si ça se trouve, ils te contacteront eux-mêmes.

Je participe comme je peux. Des bêtises, des détails. Rien d'héroïque.

J'aimerais plus.

Madame Lacassagne me prévient que si je continue comme ça, elle ne pourra pas me garder.

Un matin je trouve sur mon oreiller, entortillés dans une étoffe rouge- le foulard de Mario- une boite de pellicule et un pistolet.

Il a épinglé un mot- ma chérie, Tonino a été arrêté. Quittez la ferme au plus vite. Préviens Louise Lacassagne. Contacte Andrej Dobromski, FCM la Seyne sur mer, un camarade. Il est au courant.

Dans la cuisine Louise est déjà en train d'entasser tout ce qu'elle peut dans un sac.
- Il faut partir. Le camp de Méounes a été attaqué par un commando Brandebourg. Il paraît qu'il y a eu des exécutions à la carrière. On rejoint les maquisards.

J'ai peur. Un pressentiment. Je pars en courant. Louise crie qu'il ne faut pas. Viens. Allez viens. Arrête tes conneries.
- Je viens mais avant je vais à la carrière
- T'es folle ou quoi ?

Pour atteindre la carrière j'attrape le chemin de Chabèche où les buissons griffent les cuisses avec leurs épines en ressorts, des chiens errants gros comme des ânes aboient tout le long. La lumière tape. Il faut grimper parmi les broussailles et s'arracher les mains. Se déchirer entre les tessons de pierre et les fers du soleil. La course fait bourdonner les oreilles, la sueur et les larmes d'effort aveuglent, les veines gonflent. Trempée, zébrée de partout j'arrive au sommet du cratère, seuil de la colline éventrée et je vois. La terre a absorbé le sang des partisans. Ils sont neuf, je les compte, sept hommes, deux femmes. Je descends vers eux, moitié tombe, moitié glisse le long des ravinements.
Mario a gardé un sourire aux lèvres. Le mégot consumé à côté. Il a dû agacer ses bourreaux à les regarder dans les yeux, souriant, à fumer son cigare comme si de rien

n'était, beau comme tout, mains dans les poches, narquois jusqu'au dernier moment. Sa désinvolture. Son élégance. Je commence à comprendre un truc. La vie passe comme une vague. Ne reste que le sens tu y mets, celui de ta dignité. Ton point d'ancrage, ton repère ultime, *c'est toi qui définis le monde*. Rester comme Mario qui va mourir, ils pointent vers toi leurs fusils et tu gardes ton cigare aux lèvres avec ton sourire qui s'en fout. Tu t'en fous. C'est toi qui gagnes.

Le sable si blanc qu'on dirait de la neige et le rouge qui coule, ça me perce le cœur. Je sors le foulard de ma poche et le passe sur le visage de Mario.

Je m'allonge à côté de lui.

Ensuite j'oublie.

Les partisans me trouvent et m'emportent.

Je saurai plus tard que Tonino a été envoyé à Mauthausen avec des combattants espagnols. Il n'en reviendra pas.

Je fais quelques missions jusqu'à la fin de la guerre.

Après, je m'assoupis. Je ferme tous les clapets.

Je rejoins Andrej à la Seyne. Je me laisse séduire par ce grand pollack blond qui ne sait pas quoi inventer pour me faire plaisir. Je suis la sœur de Tonino, la nièce de Mario. Il passe des soirées entières à me raconter Barcelone et le passage de la frontière dans la neige, Barcarès. J'ai du mal à l'imaginer en héros. Il a un visage carré et des yeux bleus avec des raies noires. Il vient du nord de la France où il travaillait dans les mines avant de rejoindre les Brigades.

X

J'ai 21 ans mais je me sens si vieille, rouée de coups, en ruines à l'intérieur.

Andrej travaille aux Chantiers, il a connu mon oncle et mon frère, il s'occupe de moi.

Je me laisse faire.

Il parle de Moscou. Il va aux réunions. Je fais semblant d'être gaie. Il y a des fêtes avec les camarades. Je ne sais pas ce qu'il a dans la tête Andrej. C'est un pollack muet avec des rayures dans ses yeux bleus.

Parfois je vais voir les parents à Marseille. Jeanne vit chez eux quand elle n'est pas à l'asile. Elle a abattu son mur de silence. Ne parle plus que de la malédiction qui l'accable.

Sa Grâce et elle forment un couple de souffrance passionné de rancœur.

Jeanne n'ira jamais vers sa vie.

Mon père les laisse dire la plupart du temps. Il travaille, joue aux boules, cède à des accès colériques.

Sa Grâce avait raison. Pourvu qu'il ait la paix.

Laurent a ouvert une blanchisserie à Paris. Il nous écrit. Il a rencontré une fille formidable. Il voudrait qu'on vienne à Paris. Odette, elle s'appelle.

Il est bien temps dit la Sainte Grâce avec son rire de sarcasme.

Moi, à la Seyne, je vais à la bibliothèque, j'étudie. Je me renseigne sur les examens et passe celui d'institutrice.

Andrej est content. Un chaudronnier aux chantiers et une instit, ça fait la base d'une bonne famille communiste.

Il en a plein la bouche des Chantiers, Andrej, maintenant. 1400 mètres de quais, des voies ferrés. Les cales de fabrication, l'atelier de tôlerie, l'atelier de mécanique, l'atelier des chaudières et sa nef principale desservie par un pont roulant de 80 tonnes.

- On peut recevoir des navires jusqu'à 9 mètres de tirant d'eau. Tu te rends compte, dix grands bâtiments en construction ! en même temps ! sur des quais qui ont été complètement détruits ! les grues de cale démantibulées ! les ateliers en ruine, tout repousse. Les Chantiers revivent.

Il est fier de cette résurrection. Comme si c'était la sienne. J'essaie d'accompagner son enthousiasme. J'ai du mal.

Ce que je préfère ce sont les lancements, les étraves qui fendent la mer et s'échappent.

Je travaille dans une école maternelle mais je continue à emprunter des livres à la bibliothèque.

Andrej voudrait que je milite avec lui au lieu d'étudier.

- Qu'on fasse des choses ensemble.
- Quoi ?
- Eh bien venir aux réunions de cellule, analyser ce qui est en train de se passer, distribuer des tracts. Participer aux luttes ! pour la mémoire de ton frère et de ton oncle. Tu t'en fous. Tu les as oubliés. Tu as oublié leur sacrifice ?
- Andrej s'il te plait, ne me parle pas de sacrifice. C'est mon histoire, pas la tienne. Arrête avec ce truc de héros. Si ça se trouve tes collègues m'acceptent juste à cause de l'histoire de mon frère et de mon oncle. Mais je sens bien qu'au fond ils ne peuvent pas me saquer.

- Faut dire que tu ne fais pas beaucoup d'efforts. Tu les prends pour des cons ils le sentent bien.
- Andrej ils m'ennuient. Rien de ce qu'ils disent ne m'intéresse. Ça m'emmerde les histoires des Chantiers. Je n'y crois pas. Y'a Fernando qui va vous représenter à Paris pour le syndicat et pour le parti et alors ? tu ne vois pas que Fernando il a son intérêt personnel ? t'es naïf ou quoi ?
- Mais amour, c'est toujours comme ça. Bien sûr que Fernando joue son jeu mais ce n'est pas pour ça qu'il ne joue pas le nôtre. C'est imbriqué les histoires d'intérêt personnel et collectif. Au Parti on a une morale commune parce qu'on sait que sans elle on est foutu…

Andrej parle d'un camp de vacances à côté de Yalta où on pourrait aller. Ce serait bien de voir du pays.

Moi, je dis - ailleurs, en Amérique peut être, Yalta, ça ne me fait pas rêver.

- Mais on ira, si tu y tiens, en Amérique. On ira voir comment ça se passe. Et tu verras, tu seras bien dégoûtée.

Andrej m'aime. La plupart du temps. Souvent le soir il m'apporte un cadeau, des violettes, un truc en bois qu'il a gravé avec son couteau en pensant à moi, des légumes frais qu'il est allé chercher à la campagne, un poisson. Il est doux et gentil. La plupart du temps.

Quand il a trop bu et qu'il me trouve distante il crie et les zébrures de ses yeux deviennent comme des éclairs. Il devient une autre créature, un char sauvage prêt à bondir, avec des griffes qui laissent des traces que je recouvre de fond de teint. Les traces je m'en fous mais je ne supporte plus le moindre cri, celui des alcooliques, des mal aimés, de la Sainte Grâce, celui des morts de peur de douleur de rage ou de frustration, ceux qui n'ont que ce hurlement pour terroriser, essayer de faire plier. Je ne crierai jamais ni ne m'emporterai, pas de crise de fureur, c'est bon pour les autres. Je suis au-delà. J'achève, je peaufine ma fabrication.

Deux ans, cinq ans, le temps s'étire, se recroqueville tout dur comme un vieux chewing-gum trop mâché.

Quand je rentre de l'école, après les courses, je m'allonge pour lire.

Andrej rentre, je sais tout de suite à son débit, à certaines intonations s'il a bu ou pas. Il me raconte sa journée. On cuisine ensemble.

Andrej, je n'ai pas grand-chose à lui reprocher à part son mutisme et son alcoolisme. Et les rayures dans ses yeux. Le chat sauvage. Mais je n'ai pas envie d'approfondir.

On n'espère rien de mieux que des vacances dans un camp à Yalta.

Et moi, l'avenir de la belle humanité communiste, je n'y crois pas. Je m'enferme dans les livres.

J'ai comme une rage d'apprendre.

Andrej ça l'agace- mensonges, littérature bourgeoise.

Parfois je lis tout haut.

Cette fois-là- *Raison des effets. Gradation. Le peuple honore les personnes de grande naissance, les demi-habiles les méprisent disant que la naissance n'est pas un avantage de la personne mais du hasard. Les habiles les honorent non par la pensée du peuple mais par la pensée de derrière.... Ainsi se vont les opinions succédant du pour au contre selon qu'on a de lumière...Il faut avoir une pensée de derrière, et juger de tout par-là, en parlant cependant comme le peuple. Les dévots...les chrétiens parfaits....*

- C'est quoi cette histoire de dévots et de chrétiens parfaits ?

Il m'arrache le livre, le feuillette.

- C'est qui ce Pascal ? Un cureton ? Un cureton ! Tu es devenue folle ou quoi ?

Tout d'un coup je me rappelle les disputes entre La Sainte Grâce et mon père. La nausée me prend.

Quand je me rends compte que je suis enceinte, je pleure. Je me dis que c'est fini. Je vais rester à La Seyne toute ma vie, à préparer la gamelle d'Andrej, à l'attendre rentrer de ses réunions, puis raconter ses réunions et les nouveaux coups qu'ils vont prendre ou donner, attendre la prochaine fête, les barbecues du dimanche.

Je vais à la bibliothèque. J'emprunte tout ce que je peux.

Je lis dans le journal qu'Henri Duparc, un gaulliste que j'ai connu au couvent des dominicains, - parachuté de Londres-, presque ministre maintenant, vient à La Seyne pour le lancement du paquebot Maroc, qu'on appellera plus tard Ville de Marseille, un des fleurons des Chantiers.

Je m'habille bien.

Je vais sur le quai et je m'approche des officiels.

Henri me reconnaît.

Et puis il y a la fête pour l'inauguration de l'atelier 106, les côtelettes grillées les tonneaux de vin les sandwichs au pâté que je confectionne à la chaîne avec les autres femmes. Ma tête tourne à cause des deux verres bus cul sec pour endiguer l'ennui monumental, cette impression qui me taraude d'être à la mauvaise place. Les chants, les rires, un bal improvisé sur l'estrade et tout le monde qui se congratule juste de réussir à faire la fête, je me sens mal, je cherche Andrej des yeux, je demande à Josette si elle ne l'a pas vu. Non, mais elle a un drôle d'air et elle lève légèrement l'épaule droite comme si tout ça n'avait aucune importance, aucun caractère de gravité, avec son gentil sourire et sa main qu'elle passe sur ma joue. - ne t'en fais pas, c'est pas si grave.

De quoi elle parle ? Pourquoi cette caresse ? Quelque chose m'échappe. Je me lève, je vais vers le hangar et là j'aperçois Andrej avec Zoe, une grande saucisse à tête de poisson mort, elle ressemble à Olive la femme de Popeye, je me retire dans l'ombre.

Qu'ils ne me voient pas. Je n'en reviens pas. Trop gourde, trop sure de son amour. Rien vu venir lui. Andrej le grand résistant communiste qui méprise les drames bourgeois, il me case là dans le rôle de la femme cocufiée. Je refuse le rôle. J'étais avec lui sans vraiment l'aimer mais au moins ça ressemblait à quelque chose et là ça ne ressemble plus à rien.

Fin de séquence.

Je rentre à la maison et prépare ma valise où j'entasse quelques vêtements, le foulard de Mario, son pistolet, mes livres. Je partirais bien sur le champ mais je manque de force. Je cache la valise. Je me couche. Demain, le premier train.

Andrej rentre au petit matin. Je suis réveillée avec ma valise qui dépasse du lit.

- On a parlé politique toute la nuit, il dit. Je me lave et j'y retourne. Y'a une assemblée générale. On va sans doute voter la grève certains trucs nous inquiètent…Qu'est-ce que tu fais ? C'est quoi cette valise ? Tu vas où ?

- Il faut que je voie mes parents à Marseille, mon père est malade.

- Et t'as besoin de tout ça ? il demande en regardant la valise.

- Oui, je vais rester quelques jours. Il faut que je m'occupe d'eux.

- Tu te fous de moi ? tu ne vas jamais les voir tu ne peux pas les saquer.

Il ouvre la valise et il la renverse sur le sol.

- Et le pistolet de Mario ? tu vas faire quoi avec ? tuer la Sainte Grâce ? tu te fous de moi ? tu te casses tu m'abandonnes pendant que je ne suis pas là. Ah je vois, t'as entendu des racontars. Mais ce n'est rien mon ange. Avec Zoé on s'est juste un peu amusés. Elle est triste la pauvrette. Son mari l'a quittée tu sais bien. C'est que ça. T'inquiète pas, je t'aime mais faut dire que t'es pas simple et puis tu veux jamais le faire. T'es jalouse alors ? Si t'es jalouse c'est qu'on s'aime. Peut-être que t'es enfin devenue normale comme les femmes des collègues aux Chantiers et qu'on va enfin fonder une famille normale.

Je ne réponds rien, je me lève et je ramasse tout ce que je peux dans la valise. Ses yeux se mettent à clignoter.

- Qu'est-ce que tu crois ? tu mérites mieux que moi, c'est ça, moi un petit ouvrier aux Chantiers et toi la princesse ! tu vas faire quoi là où tu vas ? rencontrer ton prince charmant peut-être ? tu te prends pour qui avec tes grands airs ? ton frère ton oncle tu leur ferais honte…

- Ne me parle ni de mon frère ni de mon oncle, laisse-moi passer.

- Ah oui et moi je suis quoi alors, tu aurais peut-être préféré que je meurs   pendant l'opération de Méounes…y'a que les morts qu'ont droit à ton respect ?

Il a les larmes aux yeux, je reprends la valise.

- Non y'a pas que les morts, d'autres aussi mais pas toi…

- Tu ne partiras pas comme ça…

- Ah oui et comment tu m'en empêcherais ?

Ses yeux clignent à toute allure, sa bouche se tord et tremblote. Il est devant la porte je pense qu'il a bu toute la nuit aux Chantiers avec la femme de Popeye et la grande famille, ils ont vidé les tonneaux. Tout ce qu'il dit tout ce qu'il fait à ce moment me cimente dans ma décision, partir loin et pour toujours. Il doit lire ça sur mon visage.

- Tu ne m'aimes pas je t'ai juste permis de franchir une étape mais tu partiras pas comme ça...

- Tu n'as peut-être pas tort, je passe à autre chose.

Je ne sais pas pourquoi je dis ça. Enfin ça sort. Une longue vie d'esclave non merci. Il reprend la valise. Je mesure un mètre soixante lui un mètre quatre-vingts, en fureur et aviné. Il me bouscule prend ma carte d'identité et la déchire.

Je laisse passer. Il y aura bien un autre moment.

Une semaine plus tard c'est l'oursinade.

Le soir, dans la barque avec Andrej, il m'apparaît que nous sommes simplement des dispositifs vides, formatés pour incarner quelques archétypes et alimenter la grande fiction, celle qui permet l'aliénation générale ou le sens de la vie, comme tu veux.

La grande sagesse universelle. Alors nous adoptons des bouts d'histoire, l'amour, la famille, la procréation, la république, la révolution, la trahison avec toutes les variantes, tous les types humains, l'amoureux, le traître, le révolutionnaire, le brave gars qui trompe sa femme, la salope...etc...et moi je dois choisir dans le grand catalogue.

Ce soir-là, un soir d'août 52, quand je l'ai vu, aviné au fond de la barque, le corps tout mou, j'ai pensé que je n'y échapperais jamais au passé.

J'avais ma robe rouge à bretelles, copiée sur une photo de Martine Carol découpée dans Noir et Blanc et confectionnée sur la Singer qu'Andrej m'avait offerte à Noël.

Et j'étais là, dans cette barque minable, et tout le monde chantait d'une seule voix la belle journée qu'on avait passée, qu'il y en aurait plein d'autres, et tutti quanti.

Tout le monde riait et continuait à boire dans les barques amarrées à côté. Ils proposaient de continuer la fête dans l'ancien hangar avec l'orchestre de Dany.

- Vous venez, on va prendre du vin à la coop ?
- C'est ça, on vous rejoint.

Ils sont partis les uns après les autres.

La nuit est tombée et on est resté là, tous les deux, lui à ronfler comme une turbine et moi, à regarder les coquilles d'oursins dans des sacs en papier troués. J'étais figée dans la barque à attendre qu'il se réveille.

Je pensais.

Je peux te dire que ça fusait dans tous les sens.

J'observais la montagne de coquilles d'oursins dépiautés dans la barque. Andrej ronflait. L'eau noircissait.

Le mistral s'est levé.

J'avais fait semblant de croire à la grande fraternité des ouvriers toute la journée. Ecouté les chants à la gloire des Chantiers, du parti, les luttes à venir avec tous les autres ritals et pollacks.

C'était une belle journée, ils récitaient comme un cantique, un beau lancement et une belle oursinade.

- Et il y en aura d'autres, des beaux bateaux sortis de nos cales de lancement.

Et la culture ouvrière, et celle des Chantiers et la lutte finale …toutes ces histoires qu'ils se racontent pour mieux continuer à supporter de se faire exploiter parce qu'un jour etc…

Mais là, c'est le moment où le mensonge se dissout dans l'eau noire.

Tout s'est désagrégé. Rien ne collait plus. Moi, je n'étais plus dans leur truc, double, un peu dans moi et un peu à l'extérieur.

Dans moi - c'est pas si mal. J'ai connu pire. Une famille qui vient, un toit, un homme, - les camarades- le parti- une sorte de sécurité- à ceci près que l'homme il me trompe dès qu'il peut avec n'importe qui, comme n'importe qui. Je me dis aussi, combien de temps cet ennui ?

Et la Sainte Grâce qui n'a jamais voulu voir Andrej. On n'est pas mariés.

Je ne lui dirai pas que je suis enceinte.

En même temps que je pense à Elle, avec Andrej écroulé au fond de la barque, je me dis, les camarades, le parti, Staline, le pape, tout ça c'est une arnaque. Ils y croient ?

Il faut bien que certains y croient pour organiser avec conviction le catéchisme, les récitations, l'histoire sainte. Blanc bonnet, bonnet rouge.

Tout d'un coup Andrej me fait penser à mon père.

La même soumission finalement, le même credo, le même désir d'avoir la paix.

Alors former une famille contre la barbarie qui vient, issue de la barbarie qui s'est achevée six ans plus tôt ?

On dit l'école de la misère et de l'humiliation. Les derniers seront les premiers. Pas au ciel. Dans la vraie vie, la seule qui soit.

Quand tu as fait sauter les verrous, tu ne crains plus rien mais tu es confrontée à deux dangers, t'accommoder pour garder des liens ou rompre les liens. Si tu t'accommodes, tu gardes ton malheur, ton compromis.

Ça demande peu d'efforts. Si tu choisis de rompre, tu risques quoi au juste ?

Il suffit juste de savoir évaluer ton degré de bonheur. Ce soir-là je me situe dans l'échelle du bonheur et je me vois tout en bas. Alors ?

J'imagine que je reste. Bon je reste avec Andrej, on continue.

Rien d'exaltant mais un espoir de sécurité. Et encore avec l'autre grande saucisse qui reviendra forcément sur le tapis un jour ou l'autre même si je me force à *le faire* comme il dit. Je n'y peux rien. Je n'ai plus envie et puis l'espoir de sécurité me tue.

Alors je saute de la barque et je défais l'amarre. Accroupie sur le quai je la vois s'éloigner vers un gros tanker qui entre dans la rade.

Je n'ai rien fait, juste détaché un bout de ficelle ensuite, le courant, il entraîne où il veut et dans la barque je la vois, Elle, Maria Gracia avec ses yeux morts au plafond, Elle, qui a essayé de nous tuer lentement parce qu'il n'y avait qu'Elle et les petits Damiani si parfaits et sa Réception et Jeanne et moi qui ne convenions jamais - si je pouvais souffler sur la barque pour qu'elle s'éloigne encore plus vite chargée d'Elle avec son air crispé de haine et de reproches, ses yeux morts au plafond parce qu'on la faisait mourir à petit feu et qu'on ne lui donnait jamais *aucune satisfaction* et qu'on lui *répondait* quand elle nous donnait des gifles, je pense à Véra et à Jeanne, à tout ce monde au fond de la barque qui dérive vers le tanker.

C'est fait. Je peux partir. Je ne pense qu'à ça. Les copains vont nous attendre aux Chantiers mais comme ils ont tous picolé dans la frénésie de la lutte à venir ils vont nous oublier quelques heures ou penser qu'on est rentrés.

Je passe à la maison. La valise est fracassée mais je trouve un sac où je fourre quelques vêtements, le pistolet et le foulard de Mario et toutes les économies d'Andrej planquées dans les poupées russes. Presque rien mais bon ça me fera tenir un mois.

Je monte dans le train de Marseille et à Saint-Charles j'en prends un autre pour Paris. Légère avec mon sac rafistolé et une fausse carte d'identité que la Résistance m'avait faite après en avoir volé un stock à la préfecture. Une vraie fausse. C'est moi sur la photo.

Là-haut, je prends une chambre d'hôtel près de la gare de Lyon. Je ne vais pas tenir longtemps avec mes économies et celles de Andrej. Et puis légalement, je n'ai plus aucune attache. Ni lien ni refuge. Laurent peut-être. Oui Laurent. Après tout ce temps ? On verra bien. Trouver sa blanchisserie.

X

Il ne me voit pas tout de suite. J'attends dans la file des clientes. Il fait des incursions dans l'arrière-boutique, revient avec des vêtements enveloppés de housses. Un peu épaissi peut-être, mais il a gagné en sérénité. Je ne peux pas m'empêcher de penser que la blanchisserie, elle a aussi nettoyé les humiliations de Marseille.

Il n'en revient pas de me reconnaître. Je ne lui explique pas tout. Juste le nécessaire- que j'en pouvais plus, je suis partie. Il ne dit rien, réfléchit un instant.

- Tu débarques comme ça. Tu n'es pas venue à mon mariage, personne de la famille, ni pour le baptême des enfants.
- Bon pardon Laurent, je ne veux pas m'imposer. Désolée je pensais…

Rien à perdre sauf mon orgueil. Je reprends ma valise.

- Arrête, toujours une boule de nerfs, ça fait plaisir de te voir mais faut dire que vous ne vous êtes pas beaucoup intéressés à moi jusqu'à présent.
- Qui ça nous ? moi, Tonino qui est mort, les autres ? je ne suis pas les autres. La sainte Grace et papa ? Jeanne la folle. Je suis fatiguée Laurent, fatiguée et vieille, j'ai vingt-six ans.
- Vieille tu me fais marrer, viens dîner ce soir à la maison. On parlera de tout ça tranquillement.

J'en conclus qu'on n'a pas retrouvé la barque ni Andrej.

- Ta femme…elle ne va pas croire que je cherche à m'incruster ?
- On voit bien que tu ne la connais pas. Ecoute tu es la seule qui reste, j'ai perdu mon petit frère et mon autre

sœur elle s'est transformée en légume. Les parents ils s'occupent à survivre et de toute manière, ils ne se sont jamais intéressés qu'à ça, enfin, Elle, parce que lui s'est contenté d'obéir sous peine de sanctions alors, tu es ma seule famille et je vais t'aider. Odette, tu la connais à peine mais tu vas l'aimer. C'est elle ma famille maintenant et les enfants et toi.

Et il m'embrasse.

Quand Odette m'ouvre la porte de leur appartement, c'est comme une fée bleu et or qui m'introduit dans un espace tout doux, un nuage suave et douillet avec de l'air qui circule, des fenêtres qui donnent sur des arbres, des rires d'enfants. Odette irradie la lumière de partout, ses yeux, ses cheveux dorés, son sourire. Elle porte une robe bleu ciel ajustée à la taille et des chaussures à talons blanches avec un bout bleu marine. Elle me tend ses deux mains en souriant d'un air gentil et naturel, rien de forcé. Ses cheveux courts aux reflets blonds ont un mouvement sur le côté qui lui donne une allure de fée mutine.

Tout de suite elle me fait penser à Mario. Pas à cause des couleurs, lui il était sombre, plutôt noir et rouge, non, à cause du comportement, le même sourire élégant, la même bienveillance immédiate, cette manière de faire don de son énergie et de son bonheur aux autres.

Tout ce que j'avais prévu de dire s'échappe.

Et les enfants qui poussent des cris et s'agrippent comme s'ils n'attendaient que moi. Martine et Patrick. Six et sept ans.

- Ils restent avec nous pour l'apéritif mais ensuite ils vont se coucher ils ont école demain.

Les petits me montrent le Frigidaire, la machine à laver, leurs livres de classe, les céramiques qu'ils ont décorées pour la fête des mères.

Je me dis que Laurent a trouvé le contraire de notre mère, petit prince invité exceptionnel d'une planète en barbe à papa où on ne se cogne plus aux autres. Il a eu raison de partir avant tout le monde. Je pense aux dernières vingt-quatre heures, à l'eau noire et aux ronflements d'Andrej. C'était dans une autre dimension. J'endigue les idées sombres, les trucs de comparaison, ces vers de terre qui conduisent à l'envie. On est chacun le résultat d'un nombre infini d'événements aléatoires. Y a-t-il un destin là-dedans ? On n'est peut-être pas seulement le résultat d'un processus …on garde une petite marge de liberté. Laurent il l'a trouvée avant moi et autrement sa liberté. Très bien. Et moi, eh bien je suis précisément en train de lui donner forme.

Odette nous sert un Martini et des olives, va de temps en temps à la cuisine où elle prépare un poulet et des pommes de terre rôties. Ils habitent un deux pièces, une chambre pour les enfants et un salon-salle à manger-chambre avec canapé lit pour eux.

Odette est la secrétaire du patron dans une entreprise de meubles et la blanchisserie de Laurent, eh bien il travaille tellement, me dit Odette, que ça rapporte.

Au dessert je mets les choses au point.

- J'ai un travail en vue au ministère. J'ai juste besoin que vous m'avanciez un peu d'argent pour payer mon premier loyer et la caution.

Je ne leur dis pas que j'ai changé de nom.

Odette disparaît un moment et revient avec trois mille francs.

- Tu les rendras quand tu pourras. Pas pressé. Viens déjeuner dimanche prochain.

Alors je leur dis que je suis enceinte. Pas envie de faire des mystères avec eux. Laurent me demande si c'est Andrej le père.

- Oui.

- Et t'es partie ? tu ne vas pas lui dire ?

Il s'est levé, servi un nouveau verre de Martini.

- Non Laurent s'il te plait c'est déjà compliqué je n'ai pas pu faire autrement.

- Là je ne comprends pas. Comment ça « tu n'as pas pu faire autrement » ? t'es folle où quoi ? Une fille-mère comme Jeanne, c'est ça ?

- Non, il s'est passé quelque chose que je ne peux pas vous raconter. J'ai été obligée de partir. Je coupe avec tout ça. Marseille, La Seyne. Les gamelles, la pauvreté, les camps de vacances à Yalta, les fêtes du parti……Je dois couper complètement.

- Et les parents, tu vas leur dire ?

- Les parents, ils s'en fichent. La Sainte Grâce regarde le plafond et papa joue aux boules. Plus tard, peut- être. Ce n'est pas toi qui vas me faire la leçon.

- Non mais c'est moi que tu viens trouver. C'est moi le chef de famille maintenant.

Son ton monte mais Odette en soulevant gracieusement la main gauche dissipe la contrariété.

- Quand même tu prends des risques pour l'enfant, pas de père pas de grands parents, elle aurait peut-être été contente La Sainte Grace, t'es sure…tu n'as pas peur ?

- De quoi veux-tu que j'aie peur Laurent. J'ai besoin que tu me fasses confiance. Je veux n'avoir de comptes à rendre à personne. Je veux un métier intéressant. Je veux rencontrer des artistes, des écrivains, aller dans le monde entier. Je ne veux pas me marier.

- Tu es folle.

- Moi je te fais confiance, dit Odette.

- Donc ton enfant n'aura pas de père ?

- Bien sûr qu'il a un père. C'est juste le nom qui manque. Il aura le mien.

- Tu sais que c'est vraiment grave qu'il ne connaisse pas son père. Tu vas lui raconter quoi à l'enfant ?

- Je ne sais pas encore. Je verrai le moment venu.

- Folle, irresponsable, inconsciente.

Odette m'entraîne vers la cuisine.

- Laisse passer, elle me dit. Il va s'y faire.

Elle saura l'emprisonner dans son nuage magique.

- Odette il y a des trucs que je dois te dire mais d'abord je dois régler mes affaires, trouver une situation, un appartement.

- Donne des nouvelles. Préviens-nous quand tu trouves un logement. Je vais regarder de mon côté.

Je prends une chambre à la porte de Vanves. Avec le reste de l'argent je m'achète une robe bleu ciel, une jupe, deux chemisiers, une veste et deux paires de chaussures. Je vais chez le coiffeur aussi. Odette m'a donné l'adresse du sien.

Et puis je téléphone au ministère et je demande à parler à Henri Duparc. Je suis Madeleine, la jeune fille qui transmettait les courriers.

Il ne voit pas trop. - mais si avec la bicyclette au couvent des Dominicains je m'occupais du courrier, Mado, on s'est croisés à La Seyne pour l'inauguration du Ville de Marseille. Là il voit- mais oui ! Madeleine, je ne connaissais pas votre nom. Il faut venir me raconter ce que vous êtes devenue.

Il m'invite à déjeuner avec lui la semaine suivante. Je ne suis pas certaine qu'il se souvienne vraiment de moi.

Je vais le chercher au ministère. Il a un chauffeur et tout. Il me raconte des histoires de résistance, d'autres parachutages. Moi j'invente tout. Je ne veux pas qu'il remonte à la Sainte Grâce et surtout pas à Andrej. Pour le lancement du Maroc, j'étais juste de passage à la Seyne sur mer pour chercher une commande mais je venais d'un petit village des Alpes de Haute Provence. Je n'épilogue pas. Aucun détail. Je lui laisse entrevoir que peut-être je mens un peu. Je suis comme ça, un point c'est tout. Et les mensonges coulent fluides. J'adore m'inventer. Je n'aurai plus peur. Je gomme le mauvais. Je fais semblant d'y croire, ensuite j'y crois vraiment.

Je me fais deux serments, ne jamais me plaindre et ne jamais me confier- tu gardes tes souffrances pour toi sinon c'est des pistolets qu'on retourne sur toi à la moindre occasion.

Je construis mon image comme un personnage de théâtre ou un homme politique. Je sens qu'Henri n'est pas vraiment dupe. Plus tard, je lui dirai la vérité, sans l'histoire de l'amarre.

Et on se voit, comme ça, de temps en temps, le midi. Et puis plus souvent. Un jour je ne peux plus me taire pour la grossesse, ça commence à se voir, je devance ses questions. C'est un coup de poker. Il me regarde le menton dans la main. Il attend peut-être une explication mais je ne vais pas lui faire un dessin, surtout pas lui raconter ce que j'ai fait. Je pense que c'est fichu, on ne se reverra pas. Je lui dis - bon alors, c'était vraiment agréable ces déjeuners.

Et là il répond- demain on ira au restaurant de la cascade du Bois de Boulogne. Il met sa main sur la mienne et me dit- ne vous tracassez pas mon petit. Tout ira bien.

Le lendemain il dit que je ne peux pas rester dans cette petite chambre, il va me trouver un emploi de secrétaire au ministère. Il propose de se porter caution pour un appartement. Il peut aussi m'aider à le payer.

Il ne demande rien en échange. Il est riche. Il trouve que je suis courageuse. Il est marié aussi.

Je fais les annonces et repère un deux-pièces, rue Sarrette, un premier étage au soleil, pas très loin de chez mon frère.

Je laisse un mot pour Odette dans leur boite à lettres. Je lui donne un rendez-vous au Jardin d'Acclimatation, à l'embarcadère.

- C'est quoi ces mystères ? Qu'est ce qui se passe ? Tu te crois encore pendant la Résistance ? Tu parles d'un rendez-vous d'espionne !

- C'est un peu compliqué Odette, je n'ai pas envie de voir Laurent. Il va me faire la morale. Je n'en suis plus du tout là et puis il faut que je te raconte un truc, il y a eu un accident. Andrej est mort, un accident...

Je lui dis juste que j'étais repartie prendre des couvertures à la maison et à mon retour sur le quai j'ai vu la barque qui s'éloignait vers le gros tanker, j'avais crié mais il n'y avait personne et c'était trop loin et plouf, je n'avais rien pu faire. J'avais eu peur et j'étais partie sans rien dire à personne.

-Pas très malin.

X

Quand les filles naissent, elles sont deux.

Tu parles d'une surprise. Je me dis- malheur.

Mais je les prends dans mes bras tout de suite. J'écris « père inconnu ». On est en 53 quand même. Ce n'est plus la honte.

Ensuite je m'habitue. Je suis contente. Je me dis que c'est fait. J'ai deux enfants. Je les appelle Marilyn et Marina.

Il n'y aura plus à y revenir. Je m'organise avec une nounou. Il s'agit de passer à autre chose.

Parfois je promène les petites au Parc Montsouris avec Odette, en cachette de Laurent.

Un dimanche il a tellement neigé qu'on ne fait plus la différence entre les allées et les pelouses. On va jusqu'au lac et on déblaie un banc.

- Il faudra quand même le dire à Laurent un jour. Ce serait bien qu'elles connaissent leurs cousins ? Pourquoi tu ne dis rien là, à quoi tu penses ?

Des enfants ont apporté leurs patins à glace mais un gardien siffle.

- N'êtes pas fous ? La glace est bien trop mince. Vous allez tomber dans l'eau.

- A quoi tu penses Madeleine ? T'es bizarre.

- Tout ce blanc. Où sont passés les cygnes ?

Estelle

Marina est sortie de la maison, toute menue avec son bonnet et ses gants rouges et son fusil. A quoi a-t-elle pensé ? Quels ont été nos derniers mots ? Je ne me souviens pas. Où est Gaspard ?

Toute petite dans cette neige avec ses gants et son bonnet rouges. Et les oiseaux qui criaillent dans le ciel blanc. Un vol migrateur vers l'Afrique ? Rien entendu pendant mon coma nocturne. L'assassin est entré, Marina l'a fait fuir. Me dépêcher. Prévenir. Demander de l'aide, vite. Trouver un téléphone. Dans la pièce du bas, grande pagaille que la lueur du jour débusque, traces de lutte, chaises renversées, tiroirs ouverts, écran brisé de l'ordinateur. La box est détruite, pas de téléphone fixe, je cherche mon mobile. Plus de charge. Petit à petit je découvre l'étendue de ma solitude. Aucun moyen pour communiquer avec l'extérieur. Déneiger. Trouver les clés. Je balaie toutes les surfaces d'un regard, fouille les poches, les sacs, les pots, les tiroirs. Pas de clés. Elles sont peut-être sur le tableau de bord. Encore faudrait-il pouvoir faire rouler une voiture dans ces dunes de poudre. Réfléchir vite en bouclant un niveau de conscience. Je suis Uma Thurman s'arrachant à la tombe. Le jour s'est levé. Quelle heure peut-il être ? partir à pied chez Christina…quel rôle joue-t-elle celle-là ? 10 kilomètres dans la neige sur une route où personne ne passe.

Marina, la laisser dans son cercueil de glace ? La ramener à l'intérieur ? Absurde de la rentrer à la maison. Je pense, conservation du corps - « scène de crime ». Je pense qu'elle peut se casser si je la tire, toute gelée. Au moins comme ça la mort n'accomplit pas encore son travail de corruption. Rentrer dans la maison et attendre. Hors d'état de prendre la bonne décision. Quelqu'un va bien passer quand il aura cessé de neiger. Des membres du collectif, Gaspard, Antonio peut-être ? Il ne sait pas où se trouve la maison et il ne peut plus me joindre. Connaît-il mon nom de famille au moins, celui de Marina ?

J'ai couché avec un homme qui ne connaît même pas mon nom.

Faire le chemin à pied ? avec ce froid, s'enfoncer dans la neige sans équipement ? Dix kilomètres d'un côté vers Christina, quinze de l'autre vers le village à raison de cinq kilomètres par heure, au mieux, ça fait combien d'heures ? Sans compter l'assassin qui me guette peut-être. Dans la maison je suis à l'abri du froid et des intentions meurtrières. Qu'est ce qui me pousserait à sortir ? Antonio que je ne peux plus joindre, il va arriver d'Afrique incessamment. Il s'inquiètera, donnera l'alerte.

Se soigner, se nourrir et s'abriter, c'est ce que j'ai lu dans un guide de survie de l'armée américaine prêté par un humanitaire un soir d'ennui de tente, au camp. Je recense. Je ne suis pas blessée. Le reste est assuré. Congélateur et placard à denrées sèches presque pleins. Anticiper une action. Donner à manger aux chiens. La réserve de croquettes est bien garnie. Ne pas céder à la léthargie.

Ma chambre aussi a été visitée. Mon MacBook a disparu. Mon travail de presque un an. Non sous le lit il y a toujours mon appareil photo. Et dans la poche de ma saharienne les cartes mémoires, mes carnets.

Mes notes sur Dora qui a assisté au massacre de sa famille à 5 ans, s'est cachée dans les marais, s'est retrouvée dans un groupe de soldats puis de camp en camp pour finir dans celui où je l'ai rencontrée.

Je l'ai aidée à rencontrer ses mots. Maintenant c'est elle qui m'aide. *Elle était chaude. Je lui ai léché la bouche. Elle a ouvert les yeux. Le camion de cadavres arrivait pour se déverser sur nous. On a grimpé le plus haut possible.* Il y avait des bébés qui pleuraient encore attachés sur le dos de leurs mamans mortes. *Les buissons grouillaient de serpents. Les pierres font mal le matin. La guerre est passée. Il y avait un fort tapage et un fort silence en même temps. J'ai connu plusieurs journées fatales. J'ai insisté pour vivre.*

C'est une petite musique qui résonne dans ma tête avec des images de marais et de collines comme Dora puis Amalia les ont décrites.

Amalia dans sa cachette d'eau avec son frère manchot.

Ici la neige se tait. Je regarde le front du bois, blanc avec ses caches d'ombres en dessous.

Moi aussi j'ai rencontré la mort toute petite. Il me semble que je suis née dans la mort, une impression surgie de nulle part. C'est pour ça que je suis allée en Afrique, par aspiration.

Et la mort m'a rattrapée à Sargues, elle a croisé Marina, figée dehors avec son bonnet et ses gants rouges. Le sang gelé remonte, refusé par le sol. Il se décolore, prend une teinte rosée.

Dora ne voulait pas mourir dans la saleté de boue et de sang.

Les gens qui ne coulaient pas de leur sang coulaient du sang des autres.

Ici dehors le blanc fait écran réflecteur comme un éclairage de cinéma. Ça enlève le côté réaliste et putréfaction de la mort. Où est Gaspard ?

Je rentre, me barricade.

Quelqu'un l'a bien tuée Marina. Quelqu'un qui est peut-être encore près d'ici, tout prêt, à m'épier. Je me replie intramuros, ferme les deux verrous. J'ai oublié les chiens dehors. Je ressors, les tire par le collier, ils se laissent traîner, statues obstinées, ne veulent pas quitter Marina, hurlent à la mort. Je nous enferme tous les trois à l'intérieur.

Je m'allonge sur le canapé les chiens contre moi. Cette maison prend une autre dimension, une nouvelle perspective à partir Marina étendue dehors. Il y a bien à l'intérieur quelque chose qui explique la mort à l'extérieur. Faire du café. Rallumer le feu. Assez de bûches dans le panier à côté de la cheminée. Communiquer. Somnolence. Et puis réveil à coup de langues râpeuses.

Je suis en mesure de me reprendre. Je pense aux principes de Stanislas. *Une bonne ethnologue ne fait pas de sentiments, ne se laisse pas porter par son émotion. Elle examine les traces, les témoignages, en toute objectivité, dans la mesure où ce terme signifie quelque chose. Un fait peut en expliquer un autre. Et tu ne te précipites pas vers l'interprétation qui pourrait te séduire le plus. Tu additionnes. Tu fais des listes et des colonnes.* Examiner. Observer. Faire des relevés. Eviter toute conclusion subjective. Les faits.

Et tout d'un coup je me souviens des traces grumeleuses.

Manteau, fusil, chiens. Suivre la piste colorée. Neige et bise toujours. Jusqu'au chemin. Plus loin, vers la gauche, en direction de Cerneste, un genre de scarabée retourné verdâtre. C'est une voiture à moitié dans le fossé avec une forme confuse à côté. J'approche avec le fusil. Je le reconnais.

- Gaspard…Gaspard, tu m'entends ?
- Oui dit-il dans un souffle. Ma jambe…. Dans la voiture le mec est mort mais l'autre… il a réussi à se tirer…

Son pantalon est imprégné de sang, son torse aussi, un sang qui goutte sur le sol glacé. Je regarde à l'intérieur de la voiture. Un homme affaissé sur le volant. Je reviens vers Gaspard.

Il a perdu connaissance. Comme s'il s'était maintenu conscient jusqu'à mon arrivée. Vite, le réchauffer, le réanimer. Le ramener à la maison. Je le découvre un peu pour examiner ses blessures. Il s'est confectionné une sorte de garrot autour de la cuisse avec une chemise et sur l'épaule, il agrippe un pan de sa veste. Je sais qu'il ne faudrait pas le bouger. J'ignore quels dégâts ont provoqué les balles dans les organes. J'enlève mon manteau, déchire mon pull en bandes que je noue autour du torse pour comprimer la plaie pendant le transport. Mon manteau fera office de traineau. Déplacer Gaspard en le maintenant le plus immobile possible. Il pèse des tonnes. Faire glisser son corps sur la neige. *Si tu rencontres une montagne sur ton chemin, fais de la montagne ton alliée.*

Je le tire par les aisselles, ne réussis qu'à m'enfoncer davantage. Rester concentrée sur l'effort. Assurer ma prise. Je passe mes deux bras sous les siens, ne parviens pas à l'entourer tout à fait mais je le tiens bien et j'arrive à l'étendre sur le manteau. Je pars à reculons, jambes repliées. Nous progressons, étrange attelage. Je me relève un peu, assure une meilleure prise, recommence ma marche à l'envers, trouve un rythme. Dix mètres par dix mètres. Poursuivre l'effort. Parfois Gaspard reprend conscience et tente de m'aider en poussant avec sa jambe valide. Marcel donne des coups de langue sur la blessure. Nous laissons des grumeaux rougeâtres derrière nous. - Arrête Marcel, tu le fais saigner encore plus.

Puis nous finissons par arriver dans la cour et là il voit le corps de Marina recouvert du manteau de lapin, toujours avec son bonnet. Il me fait signe d'approcher. Comme ça, tout mou, exsangue, il étire son bras, passe sa main sur le visage blanc, une caresse.

Essaie-t-il de lui fermer les yeux ?

- Toute la chaleur est partie maintenant.

Il dit juste ça. Etait-elle encore vivante quand il a poursuivi son meurtrier ?

- Là, là, ça va aller …

Je le soutiens, le traîne à l'intérieur, concentrée sur mon effort, réussis à le hisser sur le canapé. Il ferme les yeux, se détend, ébauche un sourire. J'ai en charge la vie d'un vieux loup blessé. Il faut faire vite. Il a perdu beaucoup de sang. Continuer à lui parler.

- Ne t'endors pas surtout, ne bouge pas, je reviens tout de suite. Je vais chercher l'armoire à pharmacie.

Je monte l'escalier quatre à quatre, traverse la chambre de Marina.

Une photo de nous deux accrochée au-dessus du lit défait, quelques sous- vêtements posés sur le dos d'une chaise se reflètent dans le grand miroir à cadre doré, chiné un été au marché de l'Isle sur Sorgue.

Assécher l'émotion. Soigner Gaspard. Ou Marina a-t-elle bien pu ranger sa pharmacie ? Rien à l'étage. Et puis je pense à la buanderie, redescends les escaliers, ouvre les placards les uns après les autres et trouve, empilées en désordre, toutes sortes de boites -antalgiques, antiseptiques, antibiotiques, bandes Velpeau. Je trie, entasse dans un sac plastique.

- Il y a de quoi soigner tout un régiment, je dis, l'air de rien comme si tout s'arrangeait pour le mieux.

Gaspard a mal, le visage en sueur. Je découpe la jambe gauche de son pantalon et découvre une plaie profonde à la cuisse. Son genou ressemble à une pastèque. Sur le thorax, pire.

- Whisky, souffle-t-il

D'accord. La bouteille est presque pleine et il y en a une autre dans la réserve. L'alcool fera office de tranquillisant et d'anesthésiant. Je lui mets le goulot dans la bouche.

- Avale avec les antibiotiques. Ensuite je désinfecte, je comprime tes plaies pour arrêter l'hémorragie. Tout ira bien, tu entends ça va aller, réponds-moi.

Il baisse les paupières lentement, en signe d'assentiment septique- oui croyons à cette fiction, si tu veux, pour te faire plaisir mais nous savons l'un et l'autre ce qui va se passer n'est-ce pas ?

Je me lave les mains avant de nettoyer les plaies, essaie de rassembler les souvenirs d'un stage de premiers soins. Il se laisse faire, yeux clos, visage ruisselant. Endiguer l'hémorragie ne suffira pas. Il faudrait un transport immédiat à l'hôpital, une transfusion. Extraire les balles sans doute. Certains organes vitaux sont peut-être touchés. Mes soins tentent de nous rassurer, maintenir les signes d'une vie où tout finit par s'arranger. Je lui redonne du whisky. Il soulève sa main, me fait signe d'approcher, tout près, encore plus près, coller mon oreille à sa bouche. Il entame un monologue entrecoupé de silences, de longs moments où il reprend souffle. J'ai mal pour lui. Je voudrais faciliter sa respiration. Sa vie s'échappe, il a quelque chose d'important à me dire. Il a perdu trop de sang. Il ne pourra plus me protéger désormais. Marina non plus. De qui ? Il ne sait pas. On ne lui a pas dit. Ebauche de sourire.

-Après, quand la neige aura cessé de tomber, tu dois partir à Paris, y retrouver Grany, avant l'assassin. Il y a des skis dans l'appentis, derrière.

Je dois dévaler la vallée et prendre un car ou un train.

Il parle de plus en plus faiblement. Je voudrais lui poser des questions sur ses rapports avec ma mère. Pourquoi sont-ils partis hier soir ? Quelqu'un les a prévenus du danger ? Et l'assassin, ils le connaissaient ? Ils s'y attendaient ? Ne pas l'épuiser avec mes questions. Il cligne à nouveau les yeux. Autre chose à me dire.

Dans la voiture, sur le siège arrière, l'ordinateur et l'arme dans un sac à dos. M'entraîner à tirer avant de partir dit-il. Avec deux mains, sur le tronc de l'arbre. Whisky.

 J'approche le goulot de sa bouche. Une question me taraude. Je ne peux pas m'empêcher. Sait-il qui est mon père ?

Non. Un américain à Auroville, c'est tout ce qu'elle lui a dit. Je dois me dépêcher d'aller chercher l'ordinateur et l'arme. Au cas où l'autre reviendrait.

Il a recommencé à neiger. Je fais couler de l'eau chaude dans une carafe, prends un couteau. Je remonte une couverture sur Gaspard brulant et tremblant. Il ferme les yeux.

J'y vais. Un courant glacial s'engouffre quand la porte s'ouvre. La voiture a disparu sous la neige, juste un monticule. Je sors, m'enfonce jusqu'à mi-cuisse pour dégager la portière gauche, verse l'eau, gratte. Serrure et poignée toujours gelées. Je retourne remplir la carafe. Et puis la poignée cède. Je plonge par-dessus les sièges et attrape le sac à dos sur la banquette arrière.

A mon retour, la vue du sac semble rendre à Gaspard un sursaut d'énergie. Il me fait signe d'approcher à nouveau. Je m'accroupis tout à côté du canapé, il saisit ma main, la presse, et puis de manière précipitée.

- Tu prends le flingue, tu vas dehors et tu choisis une cible, l'érable du fond par exemple. Ensuite tu te mets bien stable sur tes deux jambes un peu fléchies, en équilibre tu comprends, souple. Tu tiens l'arme à deux mains, toujours souple et tu tires en anticipant le recul au moment de la détente. Tu essaies plusieurs fois, histoire de trouver un genre de familiarité. Je ne te promets pas que tu sauras tirer mais tu pourras peut-être faire illusion. Vas-y. Je t'attends.

Evidemment qu'il m'attend. Qu'est-ce qu'il veut dire ?

Cet effort prolongé l'a épuisé. Je le recouvre d'une nouvelle couverture et sors.

Je ne pense à rien, regarde le blanc dehors, Marina et son bonnet rouge, un vol d'oiseaux qui filent au sud. Flingue. Essais. Je me concentre. Détonations. Pas si compliqué. Je saurai faire illusion.

Gaspard s'est endormi. J'ai vérifié sa respiration. Je ne peux pas l'abandonner, les abandonner. Laisser Marina à portée des charognards. Je pense à une tombe de glace, un rituel funéraire comme un autre. Je trouve une pelle dans l'appentis.

Marina princesse givrée, je la contemple pour la dernière fois, tête vide et lèvres serrées, me penche pour embrasser son front glacé.

Je suis pleinement dans cet instant-là, avec la conscience de l'irrémédiable et une image que j'ai peur d'oublier.

Je retourne à la maison. Gaspard est toujours endormi. Respiration régulière. J'attrape mon appareil et je ressors. Eloigner l'émotion. Juste le cadrage. Elle sera étincelante. Trois clichés à partir d'angles différents. L'acte photographique met à distance la réalité. Il filtre, c'est pour ça que j'ai toujours mon boîtier. On ne prévoit pas le moment où on aura besoin de s'échapper.

Ensuite j'enneige. Le bonnet rouge disparaît.

Il faut rallumer le feu. Je pense à mes petites africaines. Ce travail me semble bien lointain.

Entre temps il y a eu toute cette neige.

J'ai besoin de tendresse. Je choisis le chien Marcel pour m'allonger par terre contre lui et le laisse me lécher le visage.

- Croquettes Marcel ?

Il se redresse en écartant les pattes de devant et me regarde de son air penché, interrogateur. C'est un de nos jeux. Je répète- Croquettes, croquettes-. Il se dirige vers l'arrière-cuisine et je fais l'effort de me lever pour remplir sa gamelle.

Seule avec un mourant, enfermée dans un paysage de neige. Ma mère à l'extérieur, prise dans les glaces comme l'étrave d'un navire fantôme.

Gaspard demande une cigarette. J'en allume une et lui place entre les lèvres. Combien d'heures encore ? Tentation de fuir dans le sommeil en cherchant des somnifères. Non. Trop dangereux. Je garde l'arme tout près de moi.

Gaspard va-t-il soudain retrouver ses forces ? Allons-nous finir par nous manger l'un l'autre comme ces rescapés d'une catastrophe aérienne dans les Andes ? Peut-être que les chiens nous mangeront avant. Il s'agit de les amadouer. - Croquettes, Marcel ?

La petite Shiatsu ne moufte pas, planquée sous une étagère. Nous sommes quatre êtres à sentir notre nature sauvage se déployer.

- Pars maintenant. Il est temps.
- Non, laisse-moi regarder tes blessures.

Il me semble que les plaies se sont infectées davantage, il y a une grosse boursouflure rouge et violette avec des tâches jaunes. C'est moche.

- Au moins ça s'est arrêté de saigner. Essaie de dormir encore un peu.

- C'est ça…souffle-t-il

Je remonte à l'étage cacher mon angoisse. A côté de la chambre de Marina se trouve une sorte d'ancien cabinet de toilette dont les murs tapissés d'étagères sont encombrés de boîtes cartonnées ou métalliques.

J'en ouvre quelques-unes au hasard. Elles renferment des collections d'objets disparates- boutons et perles, dossiers, lettres, cirages, chevilles et vis, cahiers, photos, vieilles publications et papiers divers. Pas d'autres antibiotiques que ceux déjà employés. Je prends la boîte contenant les papiers et les photos, redescends.

Gaspard souffre, son front brûle et des gouttes de sueur apparaissent.

- Donne-moi du whisky. Parle-moi.

Alors je lui explique mon projet d'histoire autour du témoignage de Dora, la rescapée et d'Amalia, la petite avec son frère amputé, la recherche des lieux où elles avaient souffert et vu leurs familles massacrées, à quinze ans d'écart. Le génocide vécu par Dora, comment elle a renoncé à l'esprit de vengeance et découvert un autre chemin pour surmonter le passé. Son retour chez les humains.

- Casse-toi maintenant.
- Non, je peux pas.
- Putain casse- toi. Pour ta mère. Prends les skis et dévale. Sinon il n'y aura pas de justice.
- Vivre dans l'instant sans se projeter dans le futur…le rapport au temps conditionne toute la vie…c'est la texture même de la vie. Ne la laisse pas partir en lambeaux selon le vent…dans une fuite perpétuelle qui te rend …à jamais insatisfait, c'est ce que disait maman.
- Oui, ok, c'est joli mais je suis foutu alors laisse-moi…Avant redonne-moi whisky.

Je n'ai pas envie de « me casser » comme il dit. J'ai envie d'affronter l'assassin. J'ai envie de faire un truc décisif.

Je m'installe en tailleur près de la table basse, pousse l'ordinateur dans un coin et me mets à fouiller dans la boîte de photos.

Des pochettes contenant des négatifs et tirages papiers empilés. Je vérifie rapidement leur contenu. Il s'agit de scènes que j'ai déjà vues, représentant Marina, moi et d'autres amis dans la maison d'Henri, à Vallandrey, tout près de Paris, une grande maison isolée que nous occupions pendant que Grany et Henri séjournaient à Londres, ce qui devint de plus en plus fréquent jusqu'à la fin des années quatre-vingts quand Henri tomba sérieusement malade.

Le week-end des amis venaient nous rejoindre.

Je me souvenais de ces grandes tablées au printemps dans le jardin, des équipées au village voisin en bicyclette avec une troupe d'enfants.

Je reconnais quelques visages sans pouvoir mettre de nom dessus. La plupart d'entre eux s'effacèrent de notre vie et se rappelèrent à notre souvenir par un article de presse concernant tel ou tel.

Marina me demandait- tu te souviens de Machin. Le nom ne me disait rien, parfois les photos ou les surnoms.

A cette maison sont liés des souvenirs confus associant des perceptions agréables à d'autres plus opaques et angoissantes. J'avais interrogé Marina sur les événements qui auraient pu laisser en moi ces impressions disparates. Elle m'avait raconté plusieurs anecdotes qui pouvaient être à la source de ces fragments embrouillés, évoqué des combles dans lesquels j'avais joué à cache-cache avec les autres enfants et où j'avais été oubliée pendant près d'une heure. On avait fini par me trouver en larmes, cachée dans une sorte de malle qu'on avait refermée sur moi.

Je n'en avais aucun souvenir. Il y avait aussi le jour où Hélène, une amie de Marina, avait été presque asphyxiée dans la salle de bains à cause d'un dysfonctionnement du chauffe-eau. Il avait fallu faire venir les pompiers. Ça avait été toute une histoire. Je me souvenais des boucles de ceintures des pompiers et d'Hélène toute nue.

Tous ces gens-là avaient disparu progressivement de notre horizon. Peut-être connaissaient-ils mon père biologique ? Peut-être Marina avait-t-elle inventé de toutes pièces cette histoire d'américain rencontré en Inde.

Dès qu'elle avait eu connaissance de sa grossesse, Marina avait pris les choses très au sérieux et décidé de s'installer à Vallandrey pour une nouvelle vie. C'est ce qu'elle m'avait dit.

C'est donc là que j'étais née et où j'ai vécu jusqu'à notre retour à Paris.

A la mort d'Henri Grany avait vendu la maison.

D'autres pochettes contenaient des clichés de la même période, mes quatre à dix ans, parfois à Londres avec Henri, parfois à Paris, au Luxembourg. Des amis d'Henri et Grany. Des relations d'Henri. Sa carrière diplomatique lui avait permis de côtoyer des artistes et des hommes politiques influents.

A cet instant si j'avais pu communiquer, j'aurais appelé Grany pour lui demander conseil. J'étais certaine qu'à ma place elle aurait su quoi faire sans s'attendrir sur elle-même. Elle aurait jaugé la situation, donné un conseil pertinent.

Les images d'Amalia, de Dora ou d'Antonio se présentaient à moi comme s'il s'était agi de personnages irréels rencontrés mille ans avant.

Antonio en l'absence de nouvelles allait s'imaginer que je coupais les ponts, qu'il s'était agi d'une « love affair » sans conséquences, comme ces françaises en sont coutumières.

Et Marina, dehors. Marina qui avait définitivement quitté Paris pour en terminer avec une certaine version d'elle-même. Changer de place au sein du dispositif social et affectif qui la coinçait, échapper à ce regard contraignant. Une nouvelle aventure. Et maintenant elle était là, épure dans son cercueil de neige.

On commence par élaguer l'encombrant, ceux qui entravent, alourdissent, vous clouent sur place, vous empêchent d'avancer. A force d'élagage on tronçonne, on rabote, tout semble boursouflé, en trop, encore en trop. Et on se retrouve comme un bloc de cristal gelé pour l'éternité.

Je n'ai pas mis de croix, ni rien de ce genre, juste une paire de gants en laine rouge, analogues à ceux que Marina portait.

Je me retourne.

- Vas-y chuchote Gaspard, s'il avait dû revenir il serait déjà là, il est parti à Paris… il est blessé, peut-être mort mais on ne peut pas prendre le risque…pars vite emporte l'ordi et le pistolet dans un sac à dos, tout de suite, je ne peux plus te protéger …passe derrière la maison avec les skis puis les bois jusqu'à Cerneste…ne parle à personne… Prends un car pour Digne … appelle ta grand-mère. Laisse les chiens. Tu viendras les chercher après.

Je lui prends la main jusqu'à la fin.

Grany

Secrétaire, même secrétaire du chef de cabinet, c'est bien, mais pas assez intéressant.

La politique ne me séduit pas. Les petites embrouilles de cour, non merci.

On est en 1955. J'ai deux gamines sans être mariée. Marylin et Marina.

Je souhaite ne dépendre que de moi-même. Un jour je rembourserai mon frère et Henri. Je ferai un travail enrichissant, utile. Un travail avec les livres et la pensée. Pour ne jamais m'ennuyer. Savoir rester seule, créer mon univers grâce aux auteurs.

Je serai professeur.

J'officie au ministère pendant la journée, le soir j'étudie. Les petites passent plus de temps avec leur nounou, Gisèle, qu'avec moi. Je les récupère en sortant du bureau, ensommeillées et grognon. Je les baigne dans une bassine en zinc que je remplis d'eau chauffée sur la cuisinière- tu parles d'une corvée-, je les nourris. Ensuite je les couche. Elles pleurent des heures. Elles ne perçoivent pas vraiment ma fibre maternelle. Un baiser chacune et hop, pas d'histoire ou alors une très courte, toujours la même, celle du petit indien qui part à la ville. Je n'ai qu'une idée en tête, les auteurs du programme au concours, mes notes sur les œuvres, la dissertation que le père d'Ancennes, un ami Jésuite d'Henri, me corrige chaque dimanche.

Je les élève sans état d'âme. Après tout, je me dis que cette dureté, c'est un apprentissage pour le reste. Oui, je sais, on ne pense plus comme ça maintenant, mais pour moi c'était féroce et exaltant, cette période, la période la plus pleine de ma vie avec cette frénésie de réussir le concours, sauver ma vie et celle des petites. Ça a duré 3 ans.

J'ai raté le concours deux fois. Mais c'était mon obsession.

Henri nous emmenait au restaurant du bois de Boulogne tous les dimanches midi et pendant la semaine, il passait le soir, rue Sarrette avec un bouquet de fleurs, un bon vin, des gourmandises et puis il a commencé à rester plus tard. Nos relations ont changé. Un peu compliqué dans ce minuscule appartement mais les filles étaient trop petites pour se rendre compte de quelque chose. Les voisins faisaient des réflexions dans l'escalier en se détournant. Il était marié, tu comprends. Moi, je m'en fichais des voisins et de sa femme, mais alors complètement.

Finalement il divorce. Entretemps j'ai réussi ce concours. L'agrégation de Lettres. Tu te rends compte ?

Alors j'accepte de l'épouser. Pour elles. On emménage avenue de l'Observatoire, devant les jardins du petit Luxembourg. C'était plus haut que tous mes rêves, j'avais un bureau à moi pour lire, préparer mes cours et corriger les copies.

Nous inscrivons les petites dans un cours privé à côté de la maison et après l'école un répétiteur s'occupe de leurs leçons. J'organise des goûters le jeudi. Certains soirs, nous invitons des relations d'Henri, des américains, des gens de l'est aussi. A onze heures tapantes il est convenu que je m'éclipse et ils ferment la double porte. Je ne questionne jamais Henri. Le samedi, nous commandons un buffet chez Hédiard et nos relations prennent l'habitude de se retrouver. C'est très joyeux. L'un ou l'autre se met au piano, parfois nous dansons. Les petites ont le droit de rester jusqu'à minuit. Le dimanche nous perpétuons le rituel du bois de Boulogne au restaurant de la cascade, parfois avec mon frère, Odette et leurs enfants.

Et puis c'est la guerre d'Algérie. Des policiers sont placés en faction devant la maison. Henri est resté très proche du Général tu comprends, il est menacé par l'OAS. On met les petites dans un pensionnat très cher, à Fontainebleau, pour leur sécurité. Marilyn nous reproche de nous débarrasser d'elles.

Un jour on reçoit un appel au ministère, elles ont été enlevées. Branle-bas de combat. Ça passe aux informations.

On les retrouve vite. C'était une farce de Marilyn dans laquelle elle avait entraîné ta cruche de mère. Elles ont réussi leur coup, on les fait revenir avenue de l'Observatoire. Désormais leur jeu préféré consiste à tromper la surveillance de leurs gardiens.

De vrais démons qui ne savent plus quoi inventer pour nous faire tourner en bourrique. Parfois elles ne disent pas un mot de la journée et se font des signes incompréhensibles, ou bien elles refusent toute nourriture. Elles font semblant d'être malades, mentent systématiquement sur leurs occupations, leurs allées et venues. Nous sommes obligés de tout vérifier.

Un jour elles se comportent en vraies petites filles modèles, obéissantes, travailleuses, polies comme tout.

Je me dis qu'elles deviennent un peu plus raisonnables. Henry dit-attends de voir-. Il a raison, elles préparaient une nouvelle fugue.

On vit sur un volcan en éruption.

Vers leur seize ans Marina se calme, elle se désolidarise de sa sœur, prend goût aux études. Marilyn, elle, pétrit sa révolte. Elle nous en veut, fugue à nouveau. On la fait rechercher. La police nous la ramène. Elle se débat et siffle dans tous les sens. Un vrai dragon. Elle a découvert qu'Henri n'est pas leur père. Elle a mené l'enquête, à Marseille, à La Seyne.

Elle a retrouvé la trace d'Andrej, grâce à une photo, à cause de Laurent ce couillon et à mon idiote de sœur.

Elle a vu que les dates ne collaient pas.

Alors je parle longtemps à Marilyn. Je l'invite à dîner au restaurant. Je lui parle comme à une adulte, très intelligente, capable de comprendre beaucoup de choses. Bien sûr je ne lui dis rien pour l'amarre que j'ai défaite. Je parle d'un accident ou d'un geste inconsidéré d'Andrej. Il était suicidaire, il était alcoolique, violent, votre père. Tu aurais préféré ça ?

- Oui. Ces couches de mensonges les unes sur les autres ça rend dingue tu sais.

- Bon c'était pour moi, mais c'était aussi pour vous. Enfin, à l'époque, pour l'enfant à naître. Je ne savais pas que vous seriez deux. Je voulais rouvrir ma vie aux forceps, faire plier le destin. Imagine. Je ne me voyais pas instit la journée, ménagère le soir, et le mari qui rentre des Chantiers, fatigué, à parler de la dernière réunion de cellule ou des prochains licenciements. Ça me faisait mourir.

Elle me dit qu'elle comprend. Mais j'aurais dû le dire avant. On ne ment pas comme ça aux enfants, surtout sur des histoires de paternité. Ça rend barge, elle répète. Et donc, elle dit qu'elle s'en va et que je n'ai pas intérêt à l'empêcher de partir.

- Je te laisse partir et faire ce que tu veux. Mais après ton Bac. Il reste trois mois.

Elle dit - d'accord mais j'explique tout à Marina.

- Tu fais ce que tu penses être bien. Mais d'abord tu passes le Bac.

Je ne peux rien lui reprocher. J'ai fait pire.

Le soir des résultats, Marilyn est reçue avec mention bien.

- Tu vois ?

Ma fille Marilyn, ta tante, part en m'insultant et en disant qu'elle ne donnera plus la moindre nouvelle. Elle a rempli son contrat. Passé le bac. Et elle s'en va.

Ensuite elle ne donne plus de nouvelles.

Ta mère, Marina, commence à me haïr. Elle n'en finit pas de me rendre responsable de tout. C'est à cause de moi que Marilyn est partie. A cause de moi qu'elles sont toutes les deux en train de devenir folles. Je les ai brisées, anéanties. Moi égoïste, incapable d'aimer, de penser en termes d'amour, mon arrivisme, mon obsession de réussite sociale, je suis un monstre, je peux toujours parler de la Sainte Grâce, mais je ne suis pas mieux qu'elle. Marina n'en finit pas de m'accabler.

 Elle hurle- tu comprends tu es pire…une folle, une extraterrestre incapable d'éprouver le moindre sentiment pour quelqu'un d'autre. On dirait que tu fais partie d'une race nouvelle juste préoccupée de sa survie. Cette histoire de dingue de quitter notre père et de nous faire adopter par Henri en nous le présentant comme notre père biologique. Nous n'existons pas. Toute notre histoire est fondée sur du faux, du mensonge, de l'abandon et de la haine.

Tous les trois jours Marina claque la porte, revient, s'excuse d'avoir été aussi insultante. Et puis ça recommence. Elle ne peut pas s'en empêcher c'est plus fort qu'elle. Elle claque la porte à nouveau.

-Tu ne me reverras jamais. Je donnerai des nouvelles à Henri. Mais elle revient toujours. Au début, du moins.

Elle entame plusieurs cursus universitaires sans les mener à bien. Lettres, histoire, droit, psychologie. Elle épuise son intérêt pour tout, passe des journées entières enfermée dans la chambre de bonne à lire, somnoler ou ruminer. Je ne sais plus qui elle fréquente. Nous lui versons un peu d'argent chaque mois. Elle nous en veut encore plus. Elle trouve que c'est un dû et un scandale. Je lui dis- trouve un travail dans ce cas, subviens à tes propres besoins. Elle me répond- pauvre folle, tu ne m'as pas donné les moyens psychologiques d'être autonome. Je suis foutue, il faut que je parte sinon je suis vraiment foutue. Je lui dis- pars ma chérie, fais ce que tu sens être bien pour toi.

Mais ça l'énerve. Tout l'énerve. Je ne peux rien dire. Elle est devenue experte pour retourner tous mes propos contre moi. Elle y travaille. Me haïr est une drogue.

- Laisse passer le temps dit Henri. Ne lui dis plus rien. Moi je vais lui parler.

Je ne sais pas ce qu'ils se racontent mais les jours suivants Marina semble moins vindicative, presque apaisée, souriante.

Au bout de trois semaines elle m'appelle et propose qu'on dîne tous les trois, plutôt au restaurant. J'aurais préféré à la maison.

- Non maman, au restaurant, c'est moi qui vous invite. Dimanche soir, au Zeyer. D'accord ?

- Je ne sais pas si Henri est libre. Je te rappelle.

Je sens qu'elle inverse la vapeur.

Henri m'exhorte à accepter, à la considérer comme une personne raisonnable qui ne cherche pas à m'offenser en m'invitant au restaurant.

- Tu crois que j'ai été une mauvaise mère ?
- Il n'est plus question de toi, là.

Le dimanche Marina nous annonce qu'elle part en voyage pour longtemps. Elle a entendu parler d'un ashram près de Pondichéry où on invente une nouvelle vie, des règles sociales plus saines, des maisons communautaires. Elle nous donnera des nouvelles régulièrement.

Et puis plus rien. J'ai perdu mes deux filles.

Des années plus tard, un soir, on est dans le salon de l'avenue de l'Observatoire avec Henri. Je prépare un cours. Lui annote un dossier et murmure dans un dictaphone. Officiellement il ne travaille plus.

Le téléphone sonne. Henri décroche. Je ne comprends pas à qui il parle. Il me fait un signe du plat de la main en clignant des yeux- rien d'important-.

Il baisse la voix et monte à l'étage dans son bureau.

Il reste là-haut très longtemps. J'ai peur, je me demande si ce ne sont pas les conséquences de certaines opérations occultes pour le Quai qui pointent leur nez d'embrouilles.

Tu comprends, nous vivons seuls depuis le départ des filles. Nous sommes en 83.

Henri redescend. Il sourit.

- Une bonne nouvelle mais je ne peux rien te dire.

Il me demande de ne poser aucune question. Il a des affaires à régler. Il est impératif que je reste avenue de l'Observatoire pour des raisons de sécurité. Il me téléphonera chaque soir vers huit heures mais se contentera de dire des choses banales. Je ne dois poser aucune question.

On dirait un gamin qui s'ennuie et retrouve ses copains. Il part. Je reste quinze jours à me ronger les sangs.

J'ai plus soixante ans. Over the hill.

Une de mes filles a complètement disparu, l'autre, à dix mille kilomètres, fait parfois signe.

Ai-je été une aussi mauvaise mère que la Sainte Grâce ?

Elles le pensent sans doute.

Quelques anciennes élèves me sollicitent pour une thèse ou la préparation d'un concours.

Finalement, rien n'est venu transcender ma vie, aucune idée forte, juste quelques pièces d'un puzzle incertain qui ont du mal à s'emboîter pour former un ensemble significatif.

De là où je suis je ne perçois que des bribes d'histoires insensées, un brouhaha lointain et indéchiffrable.

Pourtant j'ai coché les cases les unes après les autres, révolte, amour, procréation, un métier intéressant. Meurtre aussi. Un signe vital comme un autre si on y réfléchit bien.

Ce ne sont que des mots. Des dénominations aptes à créer une unité et une sensation de maîtrise illusoires. En fin de compte je n'ai pas réussi à former une vraie famille, ni créer une œuvre, ni vécu au sein d'une communauté d'artistes entre Paris et New York. Rien d'exceptionnel.

Je repense à l'eau noire.

Et puis tout s'inverse.

Le soir tombe sur les jardins de l'Observatoire, je me sers un verre de Porto. Henri déboule.

- Mets ton manteau. J'ai une surprise. Plusieurs même.

- Oh non, s'il te plait. Je n'ai pas envie de sortir, encore moins d'aller au restaurant.

- C'est autre chose. Je suis certain que ça te plaira.

Bon, je suis dubitative mais je prends mes gants et mon manteau. La voiture attend en double file. C'est Gaspard, son chauffeur qui conduit.

Direction de l'autoroute du sud puis celle de Vallandrey, notre résidence qui reste fermée la plupart du temps. Trop grande, difficile à chauffer. Triste. C'était une maison faite pour accueillir une ribambelle d'enfants. On y passe quelques jours en été.

Les fenêtres du bas sont éclairées.

- Tiens donc ? Qui est là ?

- Tu vas voir.

Un feu est allumé dans le grand salon.

Et je te découvre dans les bras de ta mère. Il y a Marilyn aussi.

Marilyn

L'autre soir j'ai failli tout te dire et puis non. Il était encore trop tôt. Je ne ressens aucun regret ni remords, même en ce qui te concerne ma chérie. Ce qui vient de se passer m'incite à penser que tout se remet en place selon une logique vitale. Demain je me constituerai prisonnière. Je lirai, je réfléchirai, j'écrirai. Pas autant que je le souhaite sans doute. Le temps carcéral est tronçonné, une machine à détruire ta temporalité intime - transferts, promenades, comparutions et expertises diverses- mais une fois que tu l'as compris, tu arrêtes de te cabrer- n'opposer aucune résistance, éviter le moindre gaspillage d'énergie.
Autrefois j'ai poursuivi le lapin blanc... tout n'a pas été si négatif puisque tu es là. Voilà ma version des faits.

1

A Paris, il y a très longtemps, deux petites filles, deux sœurs jumelles, s'adorent et vivent comme des princesses dans un bel appartement près d'un grand jardin avec leur mère et Henri, leur beau-père, un monsieur très riche qu'elles s'amusent à appeler « comte de Liverpool ».
Leur vrai père, elles ne l'ont pas connu. Il est mort.

Henri le gentil parâtre, leur donne et leur apprend plein de choses.

Il voyage beaucoup, un jour à Londres, un autre jour à Moscou, pour son métier.

Des affaires très mystérieuses. Il travaille au Quai d'Orsay.

Quand il rentre de ses missions, il rapporte des poupées gigognes, des livres animés ou des statuettes articulées et peintes de toutes les couleurs.

A la maison, avenue de l'Observatoire, leur mère organise des soirées avec plein de gens qui les font sauter sur leurs genoux. Elles peuvent rester avec les grands jusqu'à l'heure du dîner. Il y en a toujours un qui joue du piano, et des discussions animées avec des verres de whisky et des cigarettes.

Elles s'appellent Marilyn et Marina. On dit Lyn et Na.

Parfois Henri s'enferme dans le salon avec des gens qui parlent une langue étrangère toute en roulements. Des messieurs gris avec des chapeaux.

Lyn et Na n'aiment pas les chapeaux. Quand ils viennent, Henri ferme les portes, interdit à ses chéries l'accès du bureau.

Elles entendent derrière la porte des roulements de voix.

Et puis des bombes commencent à exploser dans Paris.

C'est la guerre d'Algérie.

Henri rentre tard du ministère ou bien il part plusieurs jours de suite. Des policiers accompagnent Lyn et Na à l'école, de l'autre côté du Luxembourg, et les attendent à la sortie.

Plus de dîners à la maison, plus personne ne joue du piano. Leur mère, Mado, s'enferme dans son bureau pour corriger, recevoir des élèves ou téléphoner. Les sorties au cinéma et les goûters avec les amies sont supprimés. Lyn et Na se sentent punies injustement.
Elles ont 10 ans.

Un soir, Mado et Henry leur expliquent qu'elles vont aller quelque temps dans une nouvelle école, au milieu de la forêt. Il y aura des chevaux et plein de jeux nouveaux. Elles y dormiront mais reviendront tous les week-ends.
 - Une pension ! Vous nous collez en pension ! Non, non et non. On veut rester avec vous. Et qu'il y ait plein de monde à la maison comme avant et qu'on joue du piano.
- Impossible mes chéries. Ce sera juste pour un mois ou deux. Mais vous allez bien vous amuser. Vous verrez, vous ne voudrez plus revenir.
Le lendemain matin, un chauffeur les emmène avec Mado, dans cette pension, au milieu des bois.
Lyn descend de voiture, prend sa valise sans dire un mot et se présente à la directrice qui attend en haut du perron. Na pleure un peu en embrassant leur mère.

D'abord c'est amusant. Les fenêtres des salles de cours qui donnent sur le manège, les grandes tablées à la cantine.
Ensuite Marilyn commence à désobéir. Elle se dispute avec les autres filles du dortoir.
On la punit. Elle se venge en ne mangeant plus. Pendant trois jours. La nuit suivante elle se faufile dans les cuisines et vole un demi poulet et un fromage.
Nouvelle punition. Marina vient lui parler à travers la porte.

- Il faut trouver un moyen pour partir et ne plus revenir dit Marilyn.

Elle a bien une idée mais il faut attendre la fin de la punition.

L'idée c'est de passer un coup de fil anonyme au ministère d'Henri pour annoncer qu'elles ont été enlevées et faire semblant de demander une rançon. Se cacher dans les bois, le temps d'affoler tout le monde.

Mais ça ne marche pas. La voix n'est pas assez déguisée et on découvre vite la supercherie.

- Là, les bras m'en tombent. Je ne sais plus que faire, dit leur mère qui n'en revient pas d'un tel machiavélisme. Des gamines de 10 ans.

On ne les renvoie pas en pension.

Elles vont à nouveau dans l'école très chère, de l'autre côté du Luxembourg, puis au lycée public.

A seize ans Lyn fait une nouvelle fugue. On la retrouve à Marseille.

- Quel démon cette gamine a-t-elle dans la tête ? demande Mado à Henri.

- Elle nous en veut. Aucun doute. Il faut que tu lui parles pour essayer de lever le malentendu.

Mado invite Marilyn dans un restaurant de Montparnasse, lui dévoile ses secrets.

- Je sais déjà, maman. Tu aurais dû nous le dire avant. Ce n'est pas n'importe quoi de mentir à ses filles sur l'identité de leur père. Nous sommes construites sur du faux.

- Ne cherche pas à me culpabiliser. J'ai tout fait pour vous.

- Pour nous, tu parles ! Tu as la même inconscience et le même égoïsme que ta mère, La Sainte Grâce. Tu l'as mise en avant pour mieux faire passer tes saloperies.
-   En tout cas, tu as trouvé une bonne raison pour être odieuse.
- C'est génétique, ma chère maman. Je vais partir de la maison pour échapper au dégoût.
- Insulte-moi tant que tu veux, ma chérie, mais je ne te laisserai pas partir avant d'avoir passé ton Bac.
- Je n'avais pas l'intention de partir avant.
- Et bien tout est parfait, dans ce cas-là.

Après le Bac, Marilyn sert sa sœur dans ses bras.
- Je pars dans le sud, je reviendrai à la fin de l'été. Bien sûr, pas à la maison. Je prendrai une chambre à la cité U.
Marina lui tend ses poupées russes.
-   Emporte-les, s'il te plait. Tu me les rendras en septembre. Tu promets ?
- Je promets.
Marilyn laisse un mot à Henri.
- Ne t'inquiète pas. Ce n'est pas à toi que j'en veux. Tu m'as appris plein de choses et c'est grâce à toi que j'ai eu 16 en philo. J'emporte avec moi *l'Idéologie allemande*, en souvenir.
Elle met dans un sac à dos quelques vêtements, son portrait de Rimbaud en communiant, le livre d'Henri et les poupées gigognes de Marina, un sac de couchage puis elle prend le bus 38.

Porte d'Orléans, à l'entrée de l'autoroute, elle brandit une pancarte « sud ».

Une première voiture la conduit jusqu'à Lyon, une seconde à Chamonix. Il est trop tard pour traverser le tunnel du Mont Blanc. Elle passe la nuit à l'auberge de jeunesse où elle fait la connaissance de Patrick et d'Yvan, des Versaillais nouvellement bacheliers eux aussi, un blond et un brun, cultivant le sarcasme élégant. Ils portent des jeans bien repassés et des chemises Oxford. D'abord elle les trouve stupides et prétentieux.

Ils ne jurent que par Anouilh et Giraudoux.

- Vous vous êtes arrêtés là ? C'est tout ce qu'on vous apprend chez les Jésuites ?

- Mademoiselle marxiste je sais tout, tu vas bien faire notre éducation.

Elle se sent libre et séduisante. Même si elle n'est pas leur genre avec sa longue jupe de coton indien, son t-shirt décoloré et ses longs cheveux bouclés séparés par une raie au milieu. Tous trois mangent leurs sandwichs dans un alpage au clair de lune, s'accordent sur un registre ironique et décident de continuer le voyage ensemble.

On verra bien.

Donc le lendemain matin, tunnel du Mont blanc puis Milan et Rome, toujours en auto-stop. Leur trio séduit.

Les voitures s'arrêtent facilement.

A Rome ils passent deux nuits, arpentent le mont Palatin et mangent des glaces Piazza Navone.

Au matin du troisième jour une Alpha Roméo conduite par un bel italien muet et souriant les embarque pour Naples. File de gauche, vitesse effarante et klaxon pendant tout le trajet, frayeur de Lyn, rires sadiques des garçons, qui cependant se cramponnent.

Aux abords de Naples, soulagés, ils demandent qu'on les laisse là, - ils se rendent à Brindisi, via Bari, prendre le bateau. Donc, il faut malheureusement se quitter-.

Justement, c'est la destination du beau muet qui redémarre aussitôt à fond la caisse.

Crise de rire.

- On n'a qu'à penser qu'on est sur des montagnes russes et qu'on ne risque rien.

  Donc, Naples- Brindisi.

Indemnes.

 Ils prennent le Ferry de Patras, dorment sur le pont, emmitouflés dans leurs sacs de couchage et rejoignent Athènes en train.

Ensuite l'été se déploie. C'est l'époque où on imagine des étés semblables à l'infini.

- On va quand même voir l'Acropole.

- On ne s'éternise pas à Athènes. C'est trop pollué. Juste l'Acropole. Ensuite les îles.

Au Pirée ils prennent un bateau pour les Cyclades. Mykonos, d'abord- trop de monde- puis Paros, Antiparos. Ils dorment dans un bungalow sur la plage, se nourrissent de salades et de yaourts, adoptent un chat.

La mer, l'ouzo, les fêtes. Un soir, ils mènent un combat épique contre une nuée de moustiques.

Ils rencontrent d'autres Français, ébauchent des romances, jouent à Jules et Jim.

Des rumeurs circulent. Patmos, Samos, en face de la Turquie, seraient moins assaillies par les touristes.

L'été s'éparpille d'île en île.

Septembre en vue.

Ils reprennent en sens inverse le chemin de l'aller, par les mêmes moyens de locomotion.

Lyn qui ne réussit pas à choisir entre Patrick et Yvan décide de s'accorder quelques jours, seule à Rome.

Besoin de réfléchir. Dans quelle fac ? Quelles études ? Où ? Quoi ? Comment ? Pourquoi ? Et puis elle a envie de perfectionner son Italien.

On ne sait pas ce qui serait advenu si elle était rentrée avec eux. Peut-être professeur, avocate ou médecin, maintenant divorcée. Avec des enfants ?

Oui, avec des enfants, il faut bien qu'une vie conventionnelle soit compensée par certaines richesses.

Elle aurait une bande de copines émancipées avec lesquelles elle louerait une maison l'été à l'île d'Yeu ou dans le Lubéron.

Mais le destin va tourner autrement.

X

Il reste à Lyn un peu d'argent. Elle peut tenir deux semaines à condition de dormir à l'auberge de jeunesse, dans le quartier à l'architecture mussolinienne et de se nourrir de pâtes.

Elle marche beaucoup, se perd dans les rues, prend des itinéraires aléatoires.

Quelques incursions à travers les différentes époques, - elle a un faible pour le moyen âge et les basiliques carolingiennes, les mosaïques de Sainte Praxède et de Saint Clément, le tout petit cerf aux prises avec un serpent, au pied d'une touffe d'acanthe.

La veille du jour fixé pour son départ, elle sort de Stazione Termini, - elle est allée se rafraîchir sur les plages d'Ostia-.

Un jeune homme se détache d'un groupe qui distribue des tracts et lui en tend un.

Ses yeux agrandis par les verres de petites lunettes rondes, son sourire détaché, la rapidité de son débit, d'abord en Italien puis en Français, la finesse de sa nuque et de ses mains, tout la retient.

Pour lui aussi quelque chose se passe.

Il retourne vers son groupe, leur parle deux minutes et ciao, il la rejoint.

- J'ai fait Français première langue.

C'est ainsi que Lyn Duparc fait la connaissance de Leonardo Delmonte.

Ils descendent la via Cavour, laissent à gauche le forum d'Auguste- elle préférerait bifurquer.

- Le forum, c'est minuscule et ça grouille de monde.

- Vous êtes bien snobs, vous les Parisiens. Vous avez tellement peur d'avoir l'air de touristes que vous évitez les ruines avec application. Le mont Palatin est le lieu le plus romantique du monde.

C'est vrai. Ils échangent leur premier baiser dans la maison de Livie.

Plus tard, ils franchissent le Tibre et s'installent à la terrasse d'une trattoria, au Trastevere.

Léonardo étudie la philosophie et fait des corrections dans une maison d'édition. Et elle ?

- Moi, je ne sais pas encore. Rien décidé. Oui, la philo, j'y ai pensé. Psycho aussi. Je ne sais pas. Ou peut-être une école de cinéma, ou de journalisme, ou Sciences politiques ? J'adore Godard. Et toi ?

Ça fait rire Léonardo.

- Godard ? Ce cinéaste bourgeois !
- Tu plaisantes. C'est le plus grand des grands. Comment tu peux dire que c'est un cinéaste bourgeois ?
- Mais *la Chinoise* c'est vraiment un film d'intello décadent et pourri.
- C'est dingue ce que tu dis. Il a cassé tous les codes narratifs bourgeois. Il propose une autre représentation du monde
- Bon si tu veux mais moi, je n'aime pas.
- Ok tu n'aimes pas. Dis juste ça. T'as vu *le Mépris* ou *Pierrot le fou* ?
- Non.
- Bon alors tu ne connais pas Godard.
- D'accord. Je ne connais pas Godard. Enfin, je le connais mal. Et donc, tu veux faire quoi ?
- Aucune idée. D'abord il faudrait savoir si je reste en Italie ou si je retourne en France.

- En somme tu n'es pas fixée sur grand-chose.

- Non. Une seule chose est certaine, je ne serai pas professeur.

- Pourquoi ?

- A cause de ma mère. Je ne corrigerai jamais de copies, enfermée dans mon bureau, avec un stylo rouge, l'air important. Mais toi, c'est ce que tu veux faire, non ? Qu'est-ce qu'on peut faire d'autre quand on étudie la philosophie ?

- Devenir très intelligent, comprendre les moteurs de la pensée humaine, les systèmes qui ont permis d'entretenir l'aliénation. Ceux qui ont démonté les mécanismes.

- Tu es marxiste !

- Si tu veux, mais mon préféré, c'est Spinoza. Je fais une thèse sur lui *Individu et communauté chez Spinoza*. Tu le connais ?

- Non, pas vraiment, j'ai dû en étudier trois passages mais j'ai eu 16 en philo au bac, grâce à Marx et à mon beau-père, Henri, qui m'a offert *l'Idéologie allemande*. Sans lui, j'aurais dû passer les épreuves de rattrapage.

A ce moment-là, Léonardo prend les mains de Lyn et commande deux Campari.
- Il a l'air bien Henri. Moi, j'ai un grand-père incroyable.

Ils se racontent, se découvrent. Ils ont plein de points communs.
Le grand-père de Léonardo, un fils de paysans sans terre du Piémont, est parti tenter sa chance à Reggio Emilia.
- Ca alors ! Le mien est venu en France à pied. Je suis d'origine italienne, moi aussi. Mon grand-père, Sandro Ciucci voulait embarquer pour l'Argentine mais en fin de compte, il est resté à Marseille. C'est là que ma mère est née. Ils se sont peut-être rencontrés, qui sait ?
- Ils auraient pu. De quel village, le tien ?
Marilyn ne se souvient pas. Léonardo, lui, connaît son histoire familiale par cœur.

- Lucio, mon grand-père n'a pas émigré. Il s'est fait embaucher comme ouvrier aux Reggiennes, les usines de Reggio Emilia et a appris à lire à dix-huit ans, sur une vieille brochure de Bakounine, *Il socialismo e Mazzini* et *Lettera agli amici d'Italia*.

On ne sait pas si Marilyn est fascinée par le jeune homme ou par son récit.

Elle se laisse bercer. Passionnant, les aventures de Lucio Delmonte, le grand- père de Léonardo.

- A Reggio, Lucio partageait un meublé avec d'autres ouvriers. Il allait à la maison commune où il rencontrait des syndicalistes. Ensemble ils discutaient, et se retrouvaient chaque soir pour manger la pasta, faire la fête et parler. C'est là qu'il a rencontré ma grand-mère. Elle avait son échoppe de couture, sous un porche d'abord, mais elle a réussi à avoir une boutique avec une vraie façade, sur la rue pour créer ses modèles, pas seulement ravauder ou repriser. On lui apportait le tissu, on venait chercher le travail quand il était terminé. Elle ne se déplaçait pas. Une sacrée bonne femme. Pas le genre à geindre. Après la guerre ils se sont mariés. En 1921, à Livourne, Lucio a participé à la fondation du parti communiste, le soir même de la naissance de Sergio, mon père. Et puis il y a eu les fascistes et Mussolini. Ils ont mené la vie d'une famille communiste dans l'Italie fasciste. En 29 Lucio a été arrêté.
- La gloire ! dit Marilyn. Moi je n'ai pas autant à te proposer. Maintenant, tu vois il est super tard, tu me bassines avec ton grand-père et moi je suis censée être en France. Alors on bouge et tu me racontes le reste demain. Je ne sais même pas ton nom.
- Leonardo Delmonte. Mais tu dors où ce soir ?
- Pas chez toi.
- Tu as de l'argent ?
- Oui.
- Je peux t'héberger chez des copains. Tu n'auras pas besoin de payer quoi que ce soit.
- J'ai du fric je te dis. Je préfère payer. Demain je repars peut-être en France. Je verrai.

- Tu ne trouves pas ça sympa cette soirée, ce qu'on se dit comme ça, très naturellement, comme si on se connaissait depuis toujours ?
- On verra demain. Trouve-moi un hôtel.
- Ok. Une pension de bonnes sœurs, ça te va ? C'est pas cher.

Le lendemain Léonardo attend Lyn devant l'hôtel de la congrégation.
- Salut Lyn, bien dormi ?
- Tu es là ?
- Oui, tu vois bien. Tu fais quoi ? On retourne à la Stazione Termini voir les horaires pour la France ?
  Lyn trouve Leonardo vraiment mignon avec ses lunettes rondes et son insistance. Elle se demande ce qu'elle pourrait bien faire en France.
- Ok je reste. Mais à une condition.
- Laquelle ?
- Ce soir, on regarde *Le Mépris*. Et si tu n'aimes pas, je rentre en France.
- Tu es terrible. Aucun cinéma ne joue *Le Mépris*.
  Il y en a surement un. Ou bien trouve un autre moyen. Ce soir, 19 heures ici, à la porte du couvent.

Léonardo trouve une cassette du film et se propose d'inviter Lyn chez des amis, Carla et Guido, qui ont un magnétoscope. Il se dit qu'elle est un peu énervante, cette française. Il faudrait maintenant qu'elle apprécie ses amis et vice versa.
A l'heure dite il la retrouve et ils déambulent dans Rome jusqu'à la Piazza Navone. Ils s'arrêtent devant une façade baroque.

Un immeuble incroyable, comme dans un catalogue de riches demeures romaines. Leonardo prend la main de Lyn pour franchir la porte cochère. Lyn découvre une jolie cour pavée avec une fontaine, un hôtel particulier dans le fond.

- Ils sont riches tes amis ?
- Carla, oui. Son père est un grand architecte, un communiste.
- Avec tout son fric ? Il est communiste ?
- Oui. C'est l'Italie. Berlinguer, tu sais tout ça. Les grands bourgeois italiens. La tradition.

Leonardo sonne. La porte s'ouvre automatiquement. Ils traversent le hall jusqu'au grand escalier de pierre. Le couple les attend sur le palier.

Leonardo fait les présentations. Guido est un ami d'enfance. Il vient aussi de Reggio, il veut être psychiatre. Carla suit les cours de l'Academia delle belle Arti, l'équivalent des Beaux-Arts.

On boit l'apéritif sur la terrasse avant la projection. Campari et Amaretti. Un disque de Gainsbourg en bruit de fond.

Carla parle parfaitement le Français, connait très bien Godard. Elle a passé un an à Paris.

- Ah oui, où ça ?
- J'ai suivi les cours de l'école du Louvre. J'habitais chez une famille, des clients de mon père avenue Rapp. J'ai exploré les monuments Art nouveau. Tu connais ?
- Non.
- Bien sûr que si tu connais, mais tu n'y prêtes pas attention. Les entrées des stations de métro, la Samaritaine, les kiosques, l'immeuble Lavirotte avec

ses arcades tarabiscotées. Juste à côté de là où j'habitais.

Lyn se sent mal à l'aise. L'assurance de cette belle romaine qui pérore sur l'Art nouveau l'impressionne.

Elle a envie qu'on passe à la projection.

Et puis qu'ils aillent dîner tous les deux dans un petit restaurant. En tête à tête. Elle soupçonne Leonardo de l'avoir piégée pour inverser le rapport de forces.

Un instant elle se demande ce qu'elle fait avec eux et projette de les planter là, de récupérer ses affaires chez les bonnes sœurs, hop, Stazione Termini et premier train pour la France. Pourquoi a-t-elle fait ce caprice ? Elle se fiche un peu que Leonardo aime ou pas Godard. C'était une pose. Elle a l'air malin maintenant.

Carla doit s'en apercevoir.

- Allez, on y va. Godard n'attend pas.

Ils s'installent dans les canapés.

Pas une franche réussite cette soirée. Le mutisme de la petite française frise l'agressivité pensent sans doute les hôtes qui s'éclipsent à la cuisine ou dans un bureau. Leonardo a l'air de s'ennuyer ferme.

A la fin, il dit juste - J'aime bien Prokosch. Avec ses « oui ou non » ? Un mec tranchant. Tu devrais en prendre de la graine.

- Et le film ?
- Bof. Pas mal. Sans plus. Je préfère Bertolucci.
- Ah oui ? Pourquoi ?
- Moins intello. *Molto piu vivace, esaltante.* Il montre des vrais gens. Il s'adresse au peuple. Il te fait rire, pleurer.

Sur le moment elle lui en veut mais plus tard elle lui sera reconnaissante de ne pas avoir adopté la doxa de ses amis parisiens. Leonardo dit ce qu'il pense. Il ne répète pas l'opinion qui sied. Même pour lui plaire.

En plus il a apprécié *Le mépris* juste assez pour que Lyn soit satisfaite.

Après la projection ils refusent l'invitation à dîner, s'éclipsent.

- Je t'invite dans un petit restaurant du Trastevere.
- D'accord.

Ils marchent un moment sans rien dire mais rien de pesant. Ils traversent le Campo dei Fiori.

- Il y a une pizzeria sympa, là, dit Lyn
- Oui mais c'est pour les touristes. Je préfère t'emmener ailleurs.

Ils continuent par la Piazza Farnese. Leonardo pointe un palais du doigt.

- Là, tu connais ? C'est l'ambassade de France. Tu t'y réfugies si tu te sens agressée.

- C'est bon, ça va.

Elle presse sa main. Il l'embrasse. Ils prennent la Via del Mascherone puis la voie Giulia jusqu'au ponte Sisto. Ils traversent le fleuve et s'engagent dans des rues tortueuses très animées. Un vrai labyrinthe. Si jamais ils se disputent Lyn n'aura plus qu'à prendre un taxi. Et encore ! si certains s'aventurent dans ce coupe-gorges.

Finalement ils s'arrêtent à une terrasse, sur une petite place qu'elle serait bien en peine de repérer sur une carte.

Leonardo commande une bouteille de Valpolicello. - Per i piatti che ordiniamo piu tardi. Piccoli calamari in sospeso.

- Ho capito. E perfetto, dit Lyn.
- Tu comprends l'italien ?

- Je commence.
- Ça veut dire ?
- J'ai envie de continuer.
- Donc ?
- Je reste ici. Je téléphone à mes parents, à ma sœur. Je fais peut-être un saut à quelques jours à Paris mais je reviens.
- Et donc, je peux te présenter à mon grand-père.
- Tu parles d'une déclaration d'amour !
- Tu ne sais pas à quel point.
- Ah bon et pourquoi ?
- Parce que tu vas lui plaire. Il va te raconter la deuxième guerre, la résistance, l'autogestion aux reggiennes, le *fer de lance du mouvement ouvrier*. Tu vas voir, il est intarissable.
- Mais pourquoi je verrais ton grand-père ?
- Parce que tu es là avec moi ce soir. Et que mon grand-père est la personne la plus importante de ma vie. Avec toi maintenant. Je peux continuer à te raconter son histoire?
- Vas-y. On verra si je m'ennuie.
- Alors voilà. Il est devenu un dirigeant régional du parti, à l'époque où les réunions de cellule se déroulaient le pistolet sur la table. Ma grand-mère faisait vivre la famille avec sa boutique. Elle soutenait les grévistes. Ils apprenaient à mon père qu'un communiste doit être meilleur que n'importe quel être humain. Lui aussi est allé travailler aux Reggiennes comme mécanicien qualifié. Je suis né dans cette ambiance-là. C'était très joyeux.
- Moi, c'est pas du tout ça. Vu de ton point de vue, je suis une bourgeoise atroce. Enfin pas pire que Carla.

- Pas grave. On n'est pas obligés d'être pareils. Moi, à trois ans j'accompagnais mon père et mon grand-père aux réunions de cellule. J'adorais les histoires de Lucio. Il y avait plusieurs épisodes que je préférais. Celui du parachutage des armes par les alliés et la recherche des caisses dans la montagne. - *elles étaient tombées dans le ravin. On ne pouvait pas les voir du sentier. - comment vous avez fait alors ?- le hasard. Angel a été piqué par une guêpe, il a agité les bras et il est tombé en arrière. C'est comme ça qu'on les a trouvées. Trois caisses pleines de fusils et de mitrailleuses.*

Il y a aussi le jour où Lucio s'était enfourné dans un tronc d'arbre creux au passage des chemises noires. En 56, Lucio s'est disputé avec mon père et a rompu avec le parti. Après il venait me voir en cachette et m'emmenait dans la montagne. On parcourait les vieux sentiers des partisans. Quand j'étais fatigué, il me mettait sur son dos. - *dans cette grange-là, sous le foin, il y a une trappe, et dessous, il y a des armes parachutées pendant la guerre. Je suis sûr qu'elles y sont toujours.*

 Léonardo raconte qu'il a dix ans quand il voit Lucio, son grand-père, pleurer pour la première fois. C'est le 7 juillet 1960. Cinq jeunes ont été tués au cours d'une manifestation contre le gouvernement Tramboni qui dirige avec les fascistes. - *Piazza della Liberta à Reggio ! à Reggio, tu te rends compte ? ça recommence, a dit Lucio. Je suis vieux maintenant. Tu te souviendras ? - oui, grand-père. - de tout ? - de quoi, tout ?- de nos promenades dans la montagne.- d'accord et puis , - des sentiers des partisans.- et puis ? - du ravin, de la piqûre de guêpe, des mitraillettes sous la trappe dans la grange de l'Espagnol.*

X

Bien sûr, Marilyn ne prend pas le train pour Paris.
Elle appelle sa sœur.
- Je reste encore un peu à Rome. Ça va les parents ?
- Moyen, ils s'inquiètent.
- Rassure-les. Je t'aime. Bientôt, je te rapporte les poupées russes.
- Et tes inscriptions à la fac ?
- Je n'ai encore rien décidé. Je vis un truc trop fort.
- Tu laisses tomber la fac ?
- Mais non, fais-moi confiance. Viens me voir, toi. Je te montrerai Rome comme une vraie romaine. Marina, s'il te plait, sois heureuse pour moi. Fais-moi confiance. J'ai rencontré quelqu'un d'extra. Je te rappelle.

Marilyn reste quelque temps chez les bonnes sœurs puis dans une auberge de jeunesse. Au bout de trois semaines, elle emménage chez Léonardo, dans un appartement vétuste qu'il partage avec deux autres garçons près du Panthéon. Il y a un grand type un peu sombre qui lui adresse rarement la parole.
- Il ne m'aime pas ?
- Mais qu'est-ce que tu vas chercher, c'est un matheux. Y'a que ça qui l'intéresse. Il est persuadé qu'on peut tout mettre en équation. Je ne suis même pas sûr qu'il se soit aperçu que tu habitais là.

Et le deuxième, un petit sicilien dont les cheveux frisés partent à l'horizontale, un peu timide lui propose à tout bout de champ un café en évitant soigneusement d'attarder son regard sur les seins de Marilyn.

Léonardo part tôt le matin, se débrouille pour passer la plupart de ses soirées avec elle. Il lui a trouvé des traductions.

Ils voient beaucoup Guido et sa compagne, Carla. Lyn a pris des cours d'italien accélérés. Et puis elle pratique. Elle demande à Leonardo d'éviter de lui parler Français.

- Oui, il mio unico amore.

Tous les quatre fréquentent les petits restaurants du Trastevere, font des expéditions le week-end, dans la maison de campagne des parents de Carla. Une merveille, en Toscane. Ils vont beaucoup au cinéma, *L'affaire Mattei, Les contes de Canterbury* mais aussi des westerns spaghetti avec Terence Hill et Bud Spencer.

Carla leur fait découvrir l'Arte Povera mais elle trouve qu'en général les artistes italiens sont restés dans le sillage figuratif.

- A part Fontana, d'accord, mais dans l'ensemble ils font comme si Duchamp n'avait pas existé, regardez par rapport à New York ou dans le reste de l'Europe, on est super traditionaliste.

- Pas dans tous les domaines s'insurge Guido, en psychiatrie, non !

- Oui, d'accord, en psychiatrie.

- Et pour les luttes sociales on a fait des avancées aussi ? C'est ça le plus important, dit Léonardo.

- Ça dépend quelle forme ça prend répond Guido. Je récuse toute forme de violence.

X

Lyn s'est inscrite à l'université de Rome, Littérature contemporaine. Parfois elle fait des incursions à Paris, rencontre Marina mais pas leur mère ni Henri.

- Plus jamais, tu entends. Plus jamais. Henri j'aimerais bien. Mais pas possible sans maman. Et si je la vois, je me trahis, je perds mon fil. Tu promets ?

Marina promet.

Lyn s'est spécialisée dans le « nouveau roman ». Ça énerve Leonardo. Elle fait une thèse sur Michel Butor, participe à un séminaire.

- T'as pas trouvé autre chose que cet auteur prétentieux et chiant ?
- Moi, il m'intéresse.
- Je vois bien. C'est comme Godard quand je t'ai rencontrée. Toujours prisonnière de ce petit cercle intellectuel parisien.
- Tu es de mauvaise foi. Tu ne l'as pas lu.
- Non et je ne le lirai pas. Ça ne m'intéresse pas. C'est bidon, facile et artificiel. Ça manipule des trucs cons qui ne font avancer en rien la pensée.
- Qui n'est pas con ?
- Spinoza.
  Leonardo enseigne maintenant la philosophie à la Sapienza. Il est Docento associato, Ph.D.
- Ok. Et moi, je suis conne ?

- Non, pas toi. Jamais. Tu comprends tout au quart de tour.

Ils habitent toujours dans l'appartement communautaire près du Panthéon. Lyn aimerait bien en changer. Même un appartement miteux dans un quartier moins sympa. Léonardo diffère.
- Mais on est bien là. Et puis il y a du passage. Tu ne t'ennuies pas comme ça.
- Tes copains sont un peu rabat-joie. Ils ne parlent que de politique.
- C'est la vie la politique.
- Pas pour moi.
- On n'est pas obligés d'avoir les mêmes centres d'intérêt. D'accord ?
- D'accord.

Au fil des mois Leonardo a de moins en moins de temps. Entre ses cours, la maison d'édition où il dirige une collection , le militantisme...
Parfois il emmène Lyn à une manifestation de soutien aux grévistes avec des banderoles, des grillades et des chansons. Il reste évasif sur le reste de ses activités politiques.
Il participe à des réunions, rapporte des piles de journaux.

Une année, les occupations d'usines se multiplient avec ateliers bloqués et contrôle des grilles par les ouvriers.
Leonardo souhaite communiquer son enthousiasme à tout le monde.
- Les usagers procèdent aux auto réductions des factures d'électricité. Tu te rends compte, l'Histoire est en

marche ! C'est la grève partout avec union des étudiants et des ouvriers. Il y a des assemblées calquées sur les conseils ouvriers dans les écoles, les crèches, les lieux de travail. Partout. On est sur la voie de la victoire. Ils sont en train de céder sur les salaires.

Au début c'est pittoresque et amusant. Une agitation joyeuse se propage, comme une atmosphère de fête. Léonardo tient des propos euphoriques.
- Les grèves s'étendent, les usines chimiques de Mestre, la Fiat de Turin, la Pirelli à Milan. C'est un moment historique, mio amore.

De plus en plus de gens viennent à l'appartement, pour discuter, tirer des tracts sur la ronéo, parfois ils restent dormir.
Léonardo dit que tout va changer. Il suffit de peu de choses pour basculer dans un système plus juste, donner un coup de pouce à l'Histoire.
Lyn pense à Andrej, son père biologique, à Henri qui lui a offert l'*Idéologie allemande,* avant son départ.
De temps en temps elle téléphone à Marina, lui raconte qu'elle vit de traductions, suit un double cursus de littérature italienne et de linguistique, donne des cours. Ce n'est pas totalement faux. Elle reste floue au sujet de Léonardo.
- C'est toujours le grand amour ?
- Mais oui.

Les réunions ont lieu à l'appartement. Marina n'y assiste pas et va au cinéma avec Carla.

Parfois elle reste dans la chambre et entend des bribes de discussion- *lutte armée, voie démocratique, potere operaio, lotta continua, Berlinguer* .

- Il y a plusieurs courants mais ils sont d'accord sur l'essentiel, lui explique Léonardo.

Parfois, ils baissent la voie et Lyn n'entend plus.

Elle a l'impression qu'on se méfie d'elle.

- Pourquoi ?

- Qu'est-ce que tu veux, ils envoient la mafia et les fascistes contre nous. C'est la guerre. Il faut bien qu'on se défende.

Lyn demande s'ils n'exagèrent pas un peu, histoire de se faire passer pour des héros.

- Ils ont déjà tué, tu comprends, dit Léonardo. La bombe à Milan en 69, Piazza Fontana, 16 morts, quatre-vingts blessés, ils avaient essayé de faire croire que c'était l'extrême gauche. Et maintenant ça recommence. Ils sont prêts à tout pour empêcher la propagation des grèves, pour nous empêcher d'accroître notre force. Ils sont prêts à utiliser tous les moyens pour maintenir l'exploitation des prolétaires. Ils envoient les blindés et les carabiniers contre les manifs.

- Qui *ils* ?

- Le gouvernement, ses alliés, la police, l'armée, tous ceux qui ont peur de perdre leur pouvoir. Leurs valets aussi. Ils sont passés à l'offensive. C'est pour ça qu'on doit organiser des structures de défense. Je ne t'oblige pas. Je t'aime. Tu verras plus tard. Pour l'instant les copains veulent juste te tenir un peu à distance.

- Ils ne me font pas confiance ?

- Ils ne veulent prendre aucun risque. Mais je leur ai parlé de toi, de ton histoire, de celle de ta famille.

- Ca n'a rien à voir ma famille. Tu mens Léonardo. Tu m'embringues dans un truc dont tu me caches les ficelles.

- Je ne cache rien moi amore.

- Et alors pourquoi t'es jamais là ? Pourquoi tu me planques à tes copains ? C'est pas ça qu'on avait dit au départ.

- Au départ de quoi ?

- Tu sais Léonardo, parfois j'ai envie de rentrer en France.

- Eh bien rentre. Je ne t'empêche pas.

X

Il leur arrive de rendre visite à Lucio, le grand-père de Léonardo, maintenant retraité des usines de Reggio. Il habite Volterra, une petite maison en Ligurie, à flanc de colline dominant les vignes ondulant jusqu'à la mer.

Sur la terrasse Lyn adore discuter avec Lucio. Ils parlent jusque tard dans la nuit, Lucio évoque sa détention pendant le fascisme.

Lucio est moins intimidant que les copains de Leonardo. Il la considère avec bienveillance, prépare des spaghettis, sert des coups de Valpolicello.

Lyn raconte ses deux pères, le vrai et le faux, tous deux ont combattu pour la liberté, chacun à leur manière. Presque du même bord. Elle veut trouver des passerelles entre ses mondes.

- Vous avez été en URSS ?

- Il faut me tutoyer camarade. Oui, à côté de Yalta pour des vacances. Avant la Hongrie. Là-bas, il y avait des gens de partout, d'Amérique du sud et du nord, de France, d'Espagne, de partout. Mais tu sais, après 56, ça n'a plus trop été ça. Je suis redevenu un vieil anar. Le père de Leonardo est resté un dur de dur, agrippé à sa mauvaise foi. Lui, il est allé à Moscou pour les fêtes organisées en l'honneur de Titov, le cosmonaute. Je crois que Leonardo tient plus de moi que de son père.

Un autre week-end, Lyn montre ses poupées russes et son exemplaire de l'Idéologie allemande. Lucio sort son Bakounine et exhibe sa cicatrice.

- Et le petit, je l'emmenais à la maison commune. Il jouait avec les enfants des camarades. Tu te souviens Leonardo ?

- Oui, et je me souviens aussi du Pionnier avec Cipollino et Pomodoro . Tu sais qui j'ai retrouvé à Rome ? Guido Pietri.

- Pietri. On ne se voit plus avec son père. Il est resté à Reggio. Et qu'est-ce qu'il devient Guido ?

- Il est psychiatre. Il s'est marié avec une spécialiste d'art, Carla.

- Le petit Guido.   Vous vous amusiez bien tous les deux.

- Oui, dans le souterrain, on jouait aux résistants. Il existe toujours ?

- Il est en partie éboulé.

- Ça fait longtemps que je ne suis pas allé le voir.

- Un souterrain ?

- Oui, il partait de la maison et aboutissait dans la forêt. Ça faisait une sortie de secours au cas où. On s'en est servi une fois. Quand les allemands sont arrivés, il n'y avait plus personne dans la maison.

- Je te le montrerai dit Leonardo.

- Il est impraticable maintenant. Bon, un peu de mortadelle avec du Chianti, pour changer ? demande Lucio.

X

L'automne suivant, Leonardo, Lyn, Guido et Carla se retrouvent un peu moins souvent tous les quatre. Ils vont quand même voir *Amarcord* et *Le dernier tango à Paris* dont Léonardo ne voit pas trop l'intérêt.

- C'est parce que tu es choqué. La morale communiste c'est comme la morale des curés, dit Guido. Kif kif.
- N'importe quoi, s'énerve Léonardo, moi ça ne m'intéresse pas ce genre de sujet. Enculages de mouches pour petits bourgeois névrosés.

Les repas deviennent plus houleux.
- Bon, Guido, ça va encore. Il fait du bon boulot à l'hosto. Mais Carla qu'est-ce qu'elle en a à foutre des luttes ? Son art conceptuel, c'est un avatar de l'art bourgeois. Personne n'y pige rien. C'est juste un signe de reconnaissance de l'élite bourgeoise, une arnaque.
- Tu te trompes, comment veux-tu montrer la réalité du monde contemporain avec des vieux codes de représentation ?
- Les vieux codes de représentation ont le mérite d'être compréhensibles. Carla c'est le fer de lance de l'élite bourgeoise. D'ailleurs t'as qu'à voir chez ses parents. T'as déjà vu une baraque comme ça ?

Lyn n'insiste pas. Elle pense à l'avenue de l'Observatoire et à Vallandrey.

Dorénavant elle préfère rencontrer Carla et Guido à l'extérieur de l'appartement. Elle n'a pas toujours envie de l'atmosphère communautaire ni du jugement qu'elle croit déceler chez *les camarades du mouvement.*

- Tu n'as quand même pas à demander d'autorisation pour voir tes amis et aller au restaurant ou au ciné. On n'est pas entré en religion.

- Tu ne comprends pas. Il n'est pas question d'autorisation mais de confiance.

- De la confiance que les camarades ont en toi ou de celle que tu fais à Guido et Carla. Tu vois pour moi, ce sont des amis. Des AMIS. Pas plus compliqué.

Ils continuent à se voir tous les quatre de temps en temps, vont au cinéma. *Le Parrain 2.*

Leonardo a toujours quelque chose à redire.

- Cette épopée de la Mafia, cette Histoire italienne idéalisée. Franchement, ça craint. Aucune vision politique ce Coppola.

- Peut-être que parfois on s'en fout de la vision politique et qu'on prend juste notre plaisir.

- Moi je trouve que ça respire, ce film. On voit autre chose que des mamas qui crient et des nanas à gros seins. Et il n'est pas question de lutte des classes, parce que tu vois ça commence à fatiguer les histoires entre la démocratie chrétienne et le pc.

Les conversations entre Léonardo et Guido se tendent mais ça finit par une grappa et une tape sur l'épaule, du moins au début.

X

Un soir au restaurant, après une diatribe politique de Leonardo, Guido lui demande.

- Et tu n'es pas gêné de leur faire la morale aux ouvriers ? Eux, c'est tous les jours qu'ils se lèvent à quatre heures du mat, poussés par la nécessité.

- Il n'est pas question de leur faire la morale mais de mettre au service du prolétariat nos outils d'intellectuels, de contribuer à élaborer un nouveau langage tous ensemble, adapté à une réalité en mouvement. Il faut trouver des formulations vraies, nettoyées de toute idéologie. Mettre le langage au service de la classe ouvrière, le transformer en instrument de libération alors qu'aujourd'hui il sert à aliéner.

- C'est possible, ça, un langage qui désaliène ?

Léonardo monte le ton.

- Baratin de psychiatre. Tu dois bien le savoir, toi qui as choisi de travailler à désaliéner les aliénés.

- Pas tout à fait de la même manière que celle que tu envisages. De manière plus pacifique, je dirais.

- Et bien tu vois, moi, je suis arrivé à la conclusion que la guerre civile est inévitable. Je ne dis pas souhaitable, mais inévitable, dit Leonardo. Le capitalisme est en train de mourir de sa belle mort. Imagine, si la part des bénéfices réalisés revient en plus grande quantité aux ouvriers, le système capitaliste n'a plus d'intérêt pour les patrons. Donc il tombera de lui-même. C'est mathématique. Mais ceux qui ont la plus grosse partie du gâteau ne vont pas se laisser faire, n'est-ce pas ? Il faut donc consolider le rapport de forces qui est en train de s'inverser avec les occupations et la satisfaction des revendications.

- Donc, tu te considères en guerre ?
- Quasiment.
- Et ça se traduit comment ?
- C'est le genre de question auxquelles je ne réponds pas.
- Tu me fais peur Leonardo. Tu dis des conneries. Tu risques trop. Pas seulement pour toi mais pour Lyn. Pour nous aussi. Tu nous compromets avec tes conneries. Tu mets tout le monde en danger. Ton égocentrisme dépasse les bornes. Bon on pourrait opter pour une soirée plus légère et aller prendre une glace Piazza Navone. On y va ?
- T'appelles ça égocentrisme ! Et toi tu penses que l'espèce humaine va changer avec une bonne analyse freudienne. Allez, tout le monde sur le divan, et à la fin des temps, plus personne n'aura envie de s'approprier ce qu'il suppose que l'autre a de plus que lui. C'est ça, ton truc ?
- Un peu schématique, mon cher Leonardo. On va s'arrêter là avant que ça ne dégénère.
- C'est ça, tu arrêtes la discussion juste comme ça, avec ton autorité de psy, comme un prof ou un curé. Tu sais tout hein ? T'es imbu de tes certitudes et de tes compromissions, tu connais l'âme et les ressorts humains, c'est ça ? Et tu juges de ton point de vue de dieu tranquille en t'en foutant royalement des exploités, des injustices, de toute cette merde, de ceux qui crèvent d'un ordre que tu justifies.
- Fastoche. Bon d'accord, ce soir je suis le salaud de service et comme tout salaud, je m'en fous du monde entier, sauf de Carla, de toi et de Marilyn, et j'ai juste envie, avant l'apocalypse, d'aller prendre une glace. Stop,

on arrête là. On va Piazza Navone prendre une glace, regarder les touristes et en finir avec cette discussion de merde. On y va ?
- On y va.
- Rencard chez Tre Scalini si on se perd en route.

Ils paient, se lèvent, marchent le long du Tibre.
Marilyn sent Leonardo bouillir. Elle tempère, dit n'importe quoi.
- C'est sympa cette promenade non ? A l'envers de notre première promenade. Quelle soirée douce. Tu ne pourrais pas te calmer un peu. Là, juste maintenant. On va prendre une glace. On est heureux. On s'aime. T'es super agressif avec Guido. C'est ton ami quand même.
Leonardo ne répond pas. Il reste sombre.

A ce moment-là, Lyn se dit qu'elle doit partir, tout de suite, quitter Leonardo, rentrer à Paris. En même temps elle se demande ce qu'elle ferait à Paris ? Elle n'attend rien de précis, elle n'a rien à y faire de particulier. A part cultiver son ressentiment contre sa mère. Et puis ce qu'elle éprouve pour Leonardo c'est de l'amour enfin ce que certains appellent amour, franchement elle n'en sait rien. Léonardo, c'est un type formidable qui lui fait vivre une vraie aventure, c'est peut-être lui la chance de sa vie, l'homme qui donne une couleur au blanc. Léonardo, qui lui indique la voie parce que personne ne lui a appris comment vivre ni quoi vouloir. Lui il veut quelque chose. C'est déjà ça.

- Regarde, ils ont trouvé une place.

Carla et Guido sont déjà installés à la terrasse de Tre Scalini.

Leonardo semble se détendre, fait mine d'oublier la conversation précédente. Ils papotent, commentent les tenues des touristes, commandent quatre Tartufo. Ils ont tous beaucoup bu. Tout d'un coup Leonardo reprend.

- On ne peut pas arrêter la discussion comme ça. C'est complètement artificiel Guido. J'en ai marre que vous m'attaquiez systématiquement.

- Mais personne ne t'attaque Leonardo. C'est toi qui…

- Nous représentons le nouveau monde et toi l'ancien.

- Si tu viens là, Piazza Navone, pour m'insulter je vais m'y mettre moi aussi. Tu es pathétique. Tu raisonnes avec des schémas du dix-neuvième siècle. Vous êtes dans une erreur tragique. On n'a plus rien à se dire.

- Tu arrêtes la discussion faute d'arguments. Tu te rends compte, quand même que tes arguments sont inscrits dans une idéologie, un habile habillage pour maintenir intact le système de domination. Il n'existe aucun fatalisme. On peut faire changer les rapports sociaux et politiques, et la clé de ce changement ce sont les ouvriers. Le travail est réel lui. Et nous, les intellectuels, nous devons construire un nouveau langage qui sera vérifié par les ouvriers, changer les anciennes catégories.

- Langue de bois. Conneries. Et tuer s'il le faut ?

- On n'en est pas là.

- Il y en a qui en sont là. Tu veux les rejoindre ? C'est ça ? Quand tu considéreras qu'on en sera là, tu seras prêt à tuer ?

- Théoriquement oui.

- *Tuer théoriquement* ? Qu'est-ce que ça veut dire ?

- Ne joue pas sur les mots.

- C'est moi qui joue sur les mots ? Tu me dis ça, toi qui mélanges tout. Tuer qui alors ?

- Bon on arrête sinon ça dégénère.

- C'est toi qui a commencé. Nous sommes amis, n'est-ce pas ? Ou bien est-ce un terme bourgeoisement connoté ne renvoyant à aucune réalité ?

- Ne dis pas de conneries, Guido. Pas de caricature.

- Bon, tant que vous avez fait brûler des pneus ou des voitures, tant que vous vous êtes contentés d'enlèvements symboliques comme celui de l'ingénieur que vous aviez relâché après l'avoir photographié, deux pistolets sur la tempe, disons que vous restiez dans un registre symbolique. Maintenant il s'agit d'autre chose. Le crime de sang, le crime de sang, répète après moi et matérialise l'image.

- Il ne s'agit pas de crimes crapuleux mais d'une guerre.

- Qui pourrait aller jusqu'où ?

- Frapper au cœur de l'Etat.

- Tuer le père …

- Arrête avec tes interprétations simplistes et ta psychanalyse à la gomme. Tuer un ennemi de classe, disait Lénine…

- Oui, je connais, tuer un ennemi de classe, ce n'est pas tuer un être humain, c'est supprimer un ennemi, c'est ça ?

- Quelque chose comme ça, oui. Dans une société de classes, tuer un ennemi de classe c'est le seul acte vraiment humaniste.

X

Et puis le processus s'accéléra, les dîners avec Guido et Carla s'espacèrent puis disparurent.

Léonardo expliquait que la crise économique accroissait les tensions et faisait apparaître le pouvoir sous son vrai jour. Révélait les ennemis de classe.

- Les licenciements, l'absence de couverture sociale, des familles entières sont plongées dans un statut précaire. Il faut passer à autre chose.

Lyn se trouvait en pleine confusion.

- Je ne sais pas. Je trouve qu'on s'isole. On ne voit plus personne à part tes copains du mouvement.

- Mais il s'intensifie le mouvement. Les nouveaux contacts se multiplient.

- Quels contacts ? Ces gens qui viennent à l'appartement et ne me disent même pas bonjour.

- Faut dire que tu n'es pas très accueillante.

- Mais c'est toi Léonardo qui me demande d'aller dans la chambre avant chaque réunion. Comme si tu me cachais. On n'a plus d'intimité du tout. Tes copains déboulent à n'importe quelle heure. Et ne me prends pas pour une conne. Je sais de quoi il est question.

- C'est parce que tu n'as pas encore choisi.

- Choisi quoi au juste ? T'aimer ou autre chose ?

- Tu mélanges tout.

- Non, au contraire, je suis particulièrement lucide.

- Tu sais très bien de quoi je parle, mio amore. Mais il s'agit d'une décision tellement vitale, un choix radical au point de modifier le reste de ta vie, de notre vie. Je ne peux pas te forcer. Je t'aime. Ne prononçons pas de mots définitifs, ce soir. De toute façon l'appartement est trop repéré maintenant. Il va falloir en changer. On pourrait aller à Milan, bientôt. Dans un deux pièces, juste pour nous. Un nid d'amour. Et moi, je mènerais mes affaires de mon côté, en t'impliquant le moins possible.

X

Lyn fit ses adieux à Carla avec tristesse mais lui promit de revenir régulièrement à Rome. Pour la dernière fois, elles dînèrent en filles dans le petit restaurant du Trastevere et abordèrent sans gêne la brouille entre leurs compagnons.

- Ce ne sont pas nos histoires, dit Carla. Ça ne nous concerne pas. Calme un peu Léonardo. Il s'engage trop. Tu n'approuves pas tout ce qu'il dit quand même ?

- Non, pas tout, mais je suis partagée. Je change d'avis tous les jours. Il a un peu raison. C'est une manière lutter contre la mort, la maladie, la fatigue, la misère, tout ce qui détruit les cerveaux et l'élan vital. C'est juste que…

- Oui, dis…

- Je me demande en même temps si c'est la bonne manière de s'y prendre. J'ai envie de vivre au sein d'un monde qui ait du sens, au sein d'un monde juste, éloigné de toutes les forces mortifères, mais je ne suis pas prête à certaines choses.

- Tu devrais rester encore un peu ici. Seule, le temps de réfléchir. Ma sœur part aux Etats unis pour six mois, elle cherche à sous-louer son studio pas cher du tout, juste pour le retrouver à son retour.

- Non, je ne peux pas. Je l'aime. Je veux rester avec lui.

- C'est toi qui a décidé d'aller à Milan ?

- Non, c'est lié au mouvement et à Leonardo.

- Donc, ce n'est pas ton combat.

- Pas encore. Je ne sais pas. Je change d'avis trente fois par jour.

- Tu devrais rester à Rome, au moins un mois de plus. Juste pour faire la part des choses.

- Non. Ce serait un abandon. Leonardo ne me le pardonnerait pas. Il a rencontré un type. Ou bien c'est lui qui a pris contact avec lui. Je ne sais pas. En tout cas, depuis il a beaucoup changé.

Lyn finit par laisser son amour décider, obscurément séduite par un mot magique, exaltant- la *clandestinité*.
Ils déménagèrent à Milan, changèrent d'identité.

- Il faut rompre avec tout le monde, avec toutes nos relations merdiques.

- Quelles relations merdiques ? nos amis ?

- On ne peut entrer dans la lutte armée que si on n'y croit complètement, que si on pense qu'il n'y a rien d'autre à faire.

- Moi je pense qu'il y a peut-être d'autres choses à faire.

- Amore, tu n'es pas vraiment déterminée. Tes hésitations me font peur.

- Je t'aime, j'y crois un peu. J'y croirai complètement avec toi.
- En tout cas il ne faut plus voir ceux d'avant, surtout pas Carla ni Guido.

Pour Lyn, ce n'était pas tout à fait réel. - Pourquoi la lutte armée ? Qu'est-ce que ça veut dire vraiment ? Et pourquoi ils ne la pratiquent pas les ouvriers ? On sait tout ? On sait mieux qu'eux ?

Cette fois-ci ils connurent presque l'intimité de la vie conjugale. Ils choisirent leur premier appartement. Un deux-pièces au dernier étage d'un immeuble du centre, prolongé par une petite terrasse sur le toit.
Leonardo se fit embaucher à la Pirelli et Lyn continua ses traductions sous un nouveau nom. Elle coupa tous les ponts avec sa sœur et Paris.
Ils menèrent pendant quelques mois la vie d'un jeune couple de la classe moyenne avec des loisirs conformes à leurs codes, travaillant pendant la semaine, fréquentant les cinémas et les clubs de musique le week-end.
A l'Ostéria, une sorte de taverne animée par des sympathisants du mouvement, ils rencontraient des gens de tous âges appartenant à différents horizons, ouvriers, étudiants, professeurs, artistes. Ils s'y firent de nouveaux amis, ou du moins des relations qui partageaient leurs convictions mais ne connaissaient pas leur degré d'engagement.
Les vieux racontaient, comme Lucio, leurs histoires de résistance et de caches secrètes, pleines de mitraillettes Sten.

Lyn accepta un temps de croire au mensonge d'une vie courageuse et modeste, magnifiée par les activités mystérieuses de Leonardo, l'effervescence intellectuelle, l'aventure à venir, *les luttes qui s'étendaient*.

Non, c'était faux. Les luttes avaient cessé de s'étendre. Mais Léonardo avait une force de conviction impossible à ébranler.

Au fond d'elle, les doutes de Lyn augmentaient, jusqu'à la panique parfois, en même temps que les pressions pour l'amener à faire un vrai choix. Un choix qui l'engageât, sans possibilité de retour en arrière.

D'un côté, l'amour de Leonardo, le camp des luttes, une vie transcendée par des idéaux.

De l'autre, une vie de détails, des valeurs fallacieuses, l'abandon d'un pur amour en échange de la sécurité.

Le choix de la lâcheté, en somme, du renoncement.

L'engrenage était en marche.

C'était arrivé par paliers. Rétrospectivement Lyn pourrait réinterpréter le passé d'une manière ou d'une autre, en privilégiant tel ou tel événement. Aucune explication n'aurait plus de consistance qu'une autre. Elle pourrait juste penser que certains instants, certains actes avaient réactivé en elle des motifs qui existaient déjà, qui remontaient à son enfance, aux conditions de sa conception, plus loin même. Elle n'avait pas été une victime des circonstances. Elle avait choisi en pleine conscience.

Lyn laissa donc son amour pour Leonardo et son exaltation trancher.

Les événements et ce qui apparaissait comme de nouvelles nécessités accélérèrent le processus.
Il fallut plus d'argent pour passer à un autre niveau.

Lyn dut subir l'initiation.
- Voilà la photo du type. Il transportera dans sa sacoche trois millions de lires. Tu marches derrière lui, le pistolet dans ta poche, nous on surveille et on assure ta fuite. Tu ne nous vois pas. Tu ne dois pas nous voir. Tu arrives à sa hauteur et tu le braques avec le pistolet toujours dans ta poche. Tu lui enfonces le canon dans les côtes. Tu dis les mots habituels- tu sais qui nous sommes, donne-moi ta sacoche.
Tu prends la sacoche. Tu t'éloignes dans la foule. Nous on guette. Il ne t'arrivera rien.

Lyn fit ses preuves et fut jugée digne de confiance.
Elle adopta le credo selon lequel seule la lutte armée permettrait d'en terminer avec l'injustice et la corruption.

Ensuite ils disposèrent d'une grande maison isolée, dans la campagne toscane.
Un paysage doux avec des vallons et des cyprès, des oliviers et des chèvres. Elle appartenait à la famille d'un membre du groupe.

Maintenant ils portaient des pseudos, ne rencontraient plus directement les autres membres mais se donnaient rendez-vous, par exemple le dimanche, sur le banc en face du dôme entre dix heures et midi.

X

- J'y ai cru. Il fallait annihiler notre subjectivité, les repères individuels qui nous maintenaient prisonniers du vieux système, nous empêchaient d'agir.   Nous avons pulvérisé les limites morales.

C'est venu petit à petit. *Ça* s'est organisé dans la maison toscane, c*ette chose* qui avait commencé par les expropriations, les braquages, les hold-up, pour financer leur lutte.

Avec l'argent ils louent des appartements ou des fermes isolées, pour servir de caches ou de prisons.

Ils ont commencé par tirer dans les jambes. Puis ils sont allés plus loin.

J'ai tué. Je ne peux pas regretter. Le mot ne convient pas. Il est inapproprié. Complètement détaché de la réalité. C'est autre chose.
J'ai fait couler le sang. J'ai supprimé des vies. Je me suis arrogé le pouvoir de Dieu. J'ai enfreint la morale des hommes. J'ai rendu la justice. J'ai eu tort. J'ai tout fermé autour de moi. Je suis morte aux hommes. Je suis morte à la vie normale. J'ai tranché. Je me suis arrachée. J'ai rompu. J'ai détruit.
C'était limpide et mystique, baigné d'une lumière irréelle comme les peintures de Fra Angelico à San Marco. Nous sommes entrés dans une autre dimension.

174

C'est ma vie. Je n'en aurai pas d'autre et maintenant je dois vivre avec ça.

Voilà, ça a commencé ainsi. Notre belle, notre magnifique et sanglante jeunesse.

Notre hideuse et meurtrière mythologie.

Nous sommes devenus des assassins, des assassins, purs et beaux, avec le tranchant de la mauvaise foi. Des machines à tuer laides et viles avec l'inconscience arrogante et la certitude imbécile.

Comment faire maintenant ? Regrets, remords ? Ça ne veut rien dire.

Non, c'était un autre moment, une autre perception des choses. Je ne peux rien renier.

Je dois reconnaître l'erreur colossale, la simplification aveugle de la réalité. Nous avons fait des analyses grossières, suivi des préceptes quasi religieux, indiscutables. De vrais mystiques.

En fin de compte, nous nous sommes de plus en plus isolés et personne ne nous a compris. La classe ouvrière nous a lâchés. Ce n'est pas le terme qui convient. La classe ouvrière ne nous a pas lâchés. C'est nous qui n'avons rien compris.

Et ceux qui avaient ordonné les bombardements au napalm des populations civiles au Viêt-Nam, ceux qui organisaient le pillage de l'Afrique, les famines, ces gens respectés et rasés de près, nous ont présentés comme les pires des assassins. Ils cachaient ainsi leurs basses œuvres dans l'ombre des fosses.

X

Ils s'entraînent à tirer dans les montagnes. Ils ont chacun plusieurs identités grâce à un stock de cartes et de permis de conduire vierges.

 Lyn et Léonardo doivent se séparer pour des raisons de sécurité.

Il commence à parcourir le pays à la recherche d'argent, sillonne l'Italie du nord au sud. Les rituels du train. La peur d'être reconnu, repéré. Le pistolet comme symbole. Il sait qu'il ne servira à rien. Il le sortira trop tard au cas où. Marilyn attend ses appels dans une cabine téléphonique à l'heure prévue. Ils échangent trois mots d'amour essentiels mais abscons dans le contexte.

C'est difficile, la clandestinité. C'est un renoncement. Il faut accepter la solitude ou un compagnonnage que tu n'as pas choisi.

Ils disparaissent en trouvant des excuses plausibles pour les voisins et les relations qui ne sont pas au courant, inventent une inscription dans un autre cursus universitaire dans une autre ville, un nouvel emploi, un job mieux rémunéré, une rencontre sentimentale.

Ils mènent deux vies avec toute une panoplie et des rituels. Porter des vêtements corrects pour passer inaperçus dans les grandes villes, se donner rendez-vous sur les quais du métro ou sur un banc à Milan dans les jardins du château Sforza, à heure et jour fixes.

Faire semblant de ne pas se connaître. Laisser un dossier, une mallette, un livre.

Marcher lentement, avec désinvolture, sans se retourner.

Ils ont de bonnes raisons, des arguments solides qu'ils se répètent.

C'est la guerre. Le pouvoir utilise la mafia et l'extrême droite. Ils posent des bombes. Les carabiniers tirent pendant les manifestations.

C'est la guerre. Ce sont les autres qui ont commencé. C'est sûr, ils sont du bon côté.

Ça tourne en rond dans leurs têtes. Des combattants qui vont gagner, qui pensent encore se faire comprendre de la classe ouvrière. Ils mettent juste un coup de pouce à l'Histoire en s'attaquant aux cibles symboliques de l'exploitation capitaliste.

La cible, il faut la déshumaniser, sinon on ne peut pas s'attaquer à elle et faire tournoyer la *grande Hache de l'Histoire.*

Parfois des opérations échouent, il y a des arrestations et des morts.

Les carabiniers procèdent à des exécutions sans sommations.

C'est leur métier. Ils sont payés pour ça. *Ces valets, ces chiens de garde du pouvoir.*

Pendant leur détention, certains membres du mouvement parlent, se *repentent*, se *dissocient*.

D'autres organisent des insurrections dans les prisons.

Ils arrêtent quelque temps, se mettent en veilleuse, vident toutes les bases, documents et armes.

Et puis recommencent. Quand ça va trop loin, ils doublent la mise, comme un joueur en train de perdre. Encore plus fort pour justifier les actions précédentes.

Il faut plus d'argent, de nouveaux hold-up. Faire entrer plus de gens dans la clandestinité, acheter des maisons au lieu de les louer. Etre plus efficaces, plus rapides, mieux organisés.

C'est le début de la fin mais ils ne le savent pas, refusent de voir.

Ils n'admettent pas l'idée qu'ils aient pu être infiltrés par le bureau des Affaires spéciales du ministère de l'intérieur. Ne se posent aucune question à propos de certains qui ne sont jamais identifiés ni inquiétés.

X

Pour cette opération-là, l'enlèvement d'un *magistrat ennemi du peuple- détruire les connexions entre les institutions, mettre au grand jour les contradictions du système-* le noyau opérationnel est divisé en trois groupes, deux qui font le guet, prêts à tirer, quatre qui s'emparent de la cible- *suis nous, monte dans cette voiture-*, et deux à qui les kidnappeurs remettent la cible.

Avec la camarade Elena, Leonardo forme le troisième groupe, celui qui doit emmener l'otage dans la prison du peuple. Lyn n'en fait pas partie.

Lyn reconstituera le déroulement des faits. Après. Dans les larmes.

Leonardo et Elena ont récupéré l'otage. Ils sont arrivés à la ferme, une maison en pierres dans les vignes, en surplomb, rien autour, juste une petite route qui grimpe.

Pas de danger apparent.

Leonardo fait le guet. Tranquille, il fume pendant qu'Elena somnole près de l'otage.

La nuit va tomber.

Et puis une voiture de carabiniers approche. Juste la routine, ou la conséquence d'une trahison ?

Leonardo ne peut pas prendre le risque. Il crie.

- Elena, réveille-toi. Les carabiniers. Il faut se tirer par derrière avant qu'ils nous encerclent. Ils nous barrent la route.

- On contre-attaque. Ils n'ont pas l'air nombreux.

- Non, attends. Peut-être qu'ils ne nous cherchent pas. Juste leur routine.

Elena attrape la mitraillette et des grenades, ouvre la porte, fait feu.

Elle touche deux carabiniers. Les autres répliquent.

Elena tombe.

Leonardo téléphone à Lyn, il parle vite, il l'aime, il se rend. Il va laisser le combiné décroché.

Il sort, les mains en l'air.

- Arrêtez les tirs, l'otage est vivant et bien portant.

Lyn entend les détonations claquer à l'autre bout du fil.

Elle saura après que les carabiniers lui ont tiré sous l'aisselle. Ça perfore les poumons. Ça tue forcément. Elle ne l'avait pas vu depuis trois mois.

Il est enterré sans elle.

Marilyn

2

Après l'exécution de Léonardo, je plonge. L'organisation me met à l'abri dans un village des Pouilles, à côté de Lecce, où je passe pour une touriste française à la recherche de calme le temps d'écrire un livre. Les gens du village me fichent la paix. Les bains de mer me régénèrent un peu, mais je fuis les lames du soleil. Nager afin d'exténuer ma mémoire, disloquer ma souffrance comme les pêcheurs brisent les poulpes en les battant contre les rochers. Chasser tout ce qui ressemble à un regret, toutes ces pensées qui ne servent qu'à t'affaiblir alors que tu ne peux rien changer. What's done cannot be undone, n'est-ce pas ? Je réfléchis à mon avenir. Est-ce que j'ai un avenir ? Comment ? Avec qui ? Je refuse de me soumettre. Je choisis de rester dans la logique des années précédentes. Ça ou autre chose ? De toute façon, maintenant je suis passée de l'autre côté. Je ne peux plus me fondre dans la masse, feindre de partager l'opinion commune. J'ai été initiée à quelque chose d'irrémédiable qu'il ne faut pas connaître sinon tous les verrous mentaux et moraux sautent, on a cette sensation de toute puissance, celle des gens qui pensent regarder plus loin que les autres, de plus haut.

Ou ce désespoir absolu. Je passe du temps à le perdre sciemment, lire des revues idiotes, regarder les émissions les plus abrutissantes de la télévision, m'absorber dans l'observation d'une fourmilière. J'évite de rester dans le noir. Je laisse la lumière allumée toute la nuit, fuir l'appel du néant. J'ai gardé mon arme. J'aurais pu m'en défaire, la jeter ou la remettre à un camarade. Non, je l'ai gardée comme l'élément fondamental de ma panoplie, celle du rôle que je joue depuis que j'ai rencontré Léonardo. Mais avant, c'était un autre rôle n'est-ce pas ? J'ai choisi celui qui convenait sans doute le mieux, celui qui m'évitait les renoncements les plus douloureux. Je vois ça comme ça, des histoires de hasard, le choix fortuit d'un registre, l'enfermement dans une pensée, un code finalement élitiste, la construction des mythes, la clandestinité, le flingue qui ne signifie pas la même chose pour chacun de nous. Pour moi c'était l'objet magique. Je repensais aux discussions que j'avais eues avec Léonardo sur *Les Justes*, sur la valeur de la vie humaine, celle d'un individu, ce qui n'est pas la même chose. Aurais-je lancé la bombe à la place de Kaliayev en voyant les enfants dans la calèche ?

Bien sûr que non.

Mais à l'époque, je participais à la production d'une vérité qui consistait à *accepter une fin horrible plutôt qu'une horreur sans fin*. Maintenant j'ai abandonné. Je peux encore vivre, allez, disons, dix ou vingt ans dans ce compromis mollasson où personne n'est dupe. Surtout pas les assassins. A l'époque je ne voulais pas devenir folle, renier ce pourquoi j'avais enfreint les règles élémentaires de l'espèce humaine- ne pas tuer- mais je savais que d'autres tuaient tout à fait proprement, sans que ça apparaisse, avec l'assentiment de tous les bénis oui-oui de la planète. C'est toujours le cas. Mais la morale, c'est la vérité du plus fort, n'est-ce pas ? Tuer pour faire advenir un monde juste, c'était ma transcendance.

Bon, sur cette plage à Lecce, je nage, je me nettoie, je reprends ma force.

Je reviens dans le mouvement. J'ai besoin de la ville, j'ai besoin d'action.

Un jour, Lucio Delmonte, le grand-père de Léonardo, m'aborde dans un café, à Bologne. Tout voûté, le visage raviné par le soleil et le tabac.

- J'ai mis longtemps à te trouver. Arrête tout. J'ai déjà perdu Leonardo. Arrête tout s'il te plait. Rends-toi, retourne en France.

A ce moment-là, j'aurais pu l'écouter. La prison après tout, pourquoi pas ?

Certains l'ont fait, en prenant le risque de se faire liquider.

- Non, Lucio. Je n'ai pas terminé d'accomplir ce qui devait être fait.

- Je ne comprends pas ce que tu cherches, la mort ? Tu ne vois pas que c'est fini ?

- Non, Lucio, si j'arrête maintenant, c'est comme si Leonardo était mort pour rien. Comme si toutes ces années…

- Tu as bien conscience de l'absurdité de ton raisonnement ? Je me suis trompée, alors je continue à me tromper pour me donner une chance de croire que je ne me suis pas trompée.

- Je reste. C'est mon petit arrangement personnel avec moi-même pour donner un sens à tout ce gâchis. Sinon, j'aurais tout raté, perdu mon amour, lutté pour rien. C'est eux ma seule famille désormais. Je ne connais plus qu'eux.

- Non, je suis là, moi aussi.

Il me tend un trousseau de clés.

- Les clés de Volterra. C'est tranquille. Même un peu trop isolé pour moi. J'ai pris un petit appartement en ville, près de la mer, à Gènes. Va réfléchir là-bas avant de nouvelles conneries.

L'organisation éclate.
Il y a plusieurs tendances, plusieurs organisations militaires. On se méfie les uns des autres. Certains pensent même qu'on est complètement téléguidés par Moscou, par la démocratie chrétienne ou par la CIA.
Beaucoup d'entre nous ont été arrêtés, on ne peut plus s'en prendre à des cibles trop importantes. Elles bénéficient d'une protection nécessitant une logistique dont nous ne sommes plus capables.
Il faut trouver d'autres cibles, se procurer de l'argent. Les hold-up sont trop dangereux pour l'instant. On décide les séquestrations à but financier. Une réappropriation comme une autre.
On fait des listes. Ne prendre aucun risque. Des membres de familles riches, prêtes à payer. On écarte les enfants. Choisir des cibles sans escorte.

Un type de la section génoise parle d'un coup possible à réaliser, le fils d'un industriel qui se déplace sans protection.
Tous les matins le même trajet, en scooter, de son appartement à l'usine. Le père se repose entièrement sur lui, l'adore, serait prêt à verser un paquet de lires pour le récupérer.
- Comment on le sait ?
- Un contact sûr. Un des nôtres qui connaît la famille.
- Qu'est-ce qu'on sait de lui ?

- Il nous accompagne depuis un an. Maintenant il veut passer à autre chose.
- Comment il s'appelle ?
- On va dire…Roberto. On vérifie tout ça en planquant pendant quinze jours. Ensuite, si tout va bien, on utilise la procédure habituelle. Il nous faut une prison, et une camionnette. Notre informateur ne participera pas à l'opération par sécurité. Il ne doit pas être reconnu.

Je dis que j'ai l'endroit qui convient pour la prison, une maison tranquille sur la côte Ligure, une heure à peine de Gènes. Pas de voisins à proximité.
- Bon, on va voir.
Massimo, notre chef de section, m'accompagne à Volterra.

- Parfait. Le cellier sans fenêtre va très bien pour la cellule. Il suffira de l'aménager un peu et de placer une cloison devant pour masquer l'entrée. Autour, on voit de loin, et au besoin on peut assurer une fuite dans les vignes et en traversant le bois. On doit pouvoir rejoindre la route où on laissera une voiture de secours.
Je bride mes émotions, les souvenirs du Valpolicello avec Leonardo et Lucio sur la terrasse, les débats théoriques, quand rien d'irréversible n'avait encore été accompli.
Dans ces cas-là, je respire profondément pour évacuer ma peur, ma nostalgie. Je me répète- *je ne dois pas regretter des valeurs vaines et illusoires, je lutte pour l'accès à la vraie vie, à la vie digne. Mes doutes proviennent d'une idéologie mensongère.* Je sais que ce sont des conneries. Je répète quand même.

Les vérifications et les surveillances concordent avec les renseignements de l'informateur.

- Bon, c'est parti. On opère dans une semaine. En attendant on continue la surveillance.

La cible a une vie très réglée.

Tous les jours à sept heures et demie, l'homme sort de l'immeuble, met son casque, lève les yeux vers une fenêtre, fait un signe de la main, envoie un baiser puis enfourche son scooter.

Ce serait vraiment une malchance s'il modifiait son emploi du temps.

Le jour dit, je passe comme prévu à proximité du lieu l'opération, prends la rue adjacente et laisse sur ma gauche l'immeuble d'où va sortir la cible. Je dois stationner en double file deux rues plus loin. Je fais partie de la deuxième équipe, je vais récupérer l'otage. Edgardo et une autre camarade se chargent de l'enlèvement.

Mais fugitivement j'ai enregistré quelque chose d'anormal. *Un véhicule avec quatre hommes à l'intérieur.* Il faut tout arrêter.

Je fais le tour pour repasser devant l'immeuble, cherche les guetteurs et leur fais signe.

Ils ont vu, ne bougent pas, sortent légèrement leur arme de leur poche. Ils n'ont pas l'intention d'arrêter l'opération. Des cow-boys qui veulent en découdre, des abrutis comme on en recrute trop maintenant.

Ils vont intervenir si les carabiniers s'en mêlent. Je dois continuer comme prévu. J'ai peur. J'hésite à faire marche arrière pour tout bloquer. Les guetteurs ont envie de jouer à la guerre.

Je roule jusqu'au bout de la rue. Je reste en double file. Dans le rétroviseur je vois la cible sortir de l'immeuble.

Edgardo apparaît subitement à ses côtés tandis qu'une voiture ralentit à leur hauteur. Edgardo doit dire les mots habituels- tu sais qui je suis etc…- Mais à ce moment, tout se précipite. On entend une détonation. Des forces spéciales sortent d'on ne sait où, les guetteurs tirent. Tout le monde tire. La cible s'écroule.

Panique. Mes yeux s'aveuglent. Je ne sais plus quoi faire. Attendre là ? Démarrer en trombe et fuir.

Me rendre à l'endroit convenu, le rendez-vous secondaire prévu en cas de problème ?

Je me conforme à ce qui a été décidé.

Je suis un robot. Je roule doucement, m'éloigne de la fusillade.

J'allume la radio, une cigarette, ouvre la vitre, fume tranquillement en conduisant comme dans une vie normale. Ta tam, ta tam, fredonner, garder un sourire aux lèvres. Se mettre du rouge à lèvres. Ta tam, ta tam.

Dans la rue personne ne peut faire le lien entre moi et ce qui se passe là-bas.

Je continue à rouler une dizaine de minutes. Je m'arrête devant la gare. J'attends à côté des taxis. Je surveille.

Une voiture s'arrête brutalement à ma hauteur. Edgardo en jaillit.

- Prépare-toi à démarrer.

Il pousse quelqu'un sur la banquette arrière, l'allonge et s'installe à côté.

Mes oreilles bourdonnent. Je n'identifie plus les bruits.

- Démarre, vas-y démarre, dit posément Edgardo. Les flics ne vont pas tarder.

Je démarre. Course dans Gènes. Autoroute.

- Je vous en prie, je vous en prie. Ne nous faites pas de mal.

Et puis les pleurs d'un bébé.

- Qu'est-ce que c'est ?

- Concentre-toi sur la conduite. Ça a foiré.

- Vous êtes dingue. On avait dit- Pas d'enfant.

- On n'a pas pu faire autrement.

- C'est qui ?

- La femme et l'enfant de l'otage. Quelqu'un a tiré sur lui, elle s'est jetée dehors, avec l'enfant. On a été obligés de les prendre dans la voiture pour protéger notre fuite.

- Quelqu'un a parlé.

- Oui.

- On arrête tout.

- Tu es folle ou quoi ?

- Ca n'a plus rien à voir avec ce qu'on était censé faire. C'est ignoble. Je ne veux pas marcher là-dedans.

- On n'a pas le choix. Il faut changer de voiture.

- Et de prison.

- Non, la prison, ça ne peut pas s'improviser. De toute façon, il n'y a que nous et Massimo au courant.

- Et si c'est Massimo le traitre ?

- Impossible…Même si c'est lui, on est obligé de prendre le risque, au moins ce soir.

La femme pleure doucement. Elle parle au bébé.

Edgardo dit :

- A droite, tu continues cent mètres, tu contournes le rond-point et tu reprends la direction de Gènes, tout droit pendant dix kilomètres. N'entre pas dans le village.

On roule comme ça presque une heure, on tourne en rond et puis on s'enfonce dans un chemin de campagne désert. On arrive devant un hangar. Edgardo descend de voiture et ouvre grand les portes.

- Entre la voiture là-dedans.

Je fais comme il dit.

A l'intérieur il y a une autre voiture.

On procède à l'échange.

On sort la femme et la petite. La femme tombe.

- Putain, elle est blessée dit Edgardo.

On les rentre tous les deux dans la nouvelle voiture.

- Bâillonne le petit pour qu'il arrête de gueuler et attache-le.

On couche la femme sur la banquette arrière. Elle ne reprend pas connaissance.

Edgardo l'examine.

- Elle est blessée à l'épaule. Je reste à côté d'elle pour comprimer les plaies. A la fin du chemin, tu prends la route sur la droite et on retombe près de l'autoroute. Tu te reconnaîtras.

- Elle va comment ?

- Elle a pas mal saigné mais ça n'a pas l'air pas trop grave.

Je roule, je réfléchis. Tout repenser. Les consignes dans ce genre de situation me paraissent inadaptées, tout d'un coup. Mon obsession, garder l'otage, les otages en vie.

- Il faut les déposer devant un hôpital.

- Bon, tu déconnes trop. J'arrête de discuter avec toi.

Je sens sur ma nuque le pistolet d'Edgardo.

- Désolé. Tu roules jusqu'à la maison. T'inquiète pas, on va la soigner, désinfecter sa blessure dès qu'on sera arrivé. Demain, je vais comme prévu au rendez-vous avec Massimo. Et on prend des décisions.

Quand on arrive, nouvelle discussion.

Edgardo insiste pour qu'on les mette dans le cellier.

- Ils n'ont pas besoin de fenêtre, juste besoin de se reposer.

On s'organise pour le guet. J'allume la télé.

- *Enlèvement sanglant en plein centre de Gènes aujourd'hui. Adriano Campanelli, le fils du grand industriel pharmaceutique, Giovanni Campanelli, a été tué alors qu'il sortait de chez lui. Son épouse Tiziana et Estrella, sa fille de dix mois, ont été emmenées par les ravisseurs qui jusqu'à maintenant n'ont pas été retrouvés. Aucune revendication n'a eu lieu. Aucune demande de rançon pour le moment. Il s'agit sans doute d'un groupe de la mouvance autonome qui emploie de plus en plus souvent les méthodes du grand banditisme. De leur prison, deux dirigeants historiques du mouvement, appellent leurs anciens camarades à relâcher les otages....*

- Coupe ça. Tous des traîtres dit Edgardo. Toi aussi, tu es sur le point de basculer. Je ne te fais pas confiance. Je garde ton pistolet.

Ensuite il nous enferme la femme et la petite fille et moi dans le cellier.

Plus tard il apporte un matelas, une trousse à pharmacie, un plateau avec de quoi manger et de l'eau.

- Tu n'as qu'à la soigner. Il y a du désinfectant et des tranquillisants. Tu en donnes à la femme. Essaie de dormir. On verra tout ça demain. Je te protège de toi-même. Allez, tu verras que j'ai raison.

Il se penche vers moi et m'embrasse sur la joue, le pistolet pointé sur mes côtes.

- Salaud, ordure.

- Tu sais bien que non.

Oui, je sais qu'il n'est ni une ordure ni un salaud, au départ. C'est un prof de math à la fac, converti à la lutte armée, un homme de conviction, un étudiant brillant issu d'un milieu modeste. Qu'est-ce qui a bien pu le jeter dans cette spirale ? Quel hasard ? quel mal-être ? Un jour il m'avait raconté le départ brutal de son père quand il était petit, et les nuits passées à l'attendre, recroquevillé dans l'encadrement de la fenêtre, tourné vers la nuit. Il en est peut-être toujours là, à la frontière de la nuit. Et maintenant il applique les consignes de sécurité prévues pour des cas comme celui-ci. Je comprends qu'entre nous désormais il n'y a plus de solidarité possible, plus la moindre confiance. Edgardo a les deux armes.

La femme est consciente maintenant.

Elle ne me regarde pas. Elle parle à la petite.

- Ca va aller mon ange, papa va venir nous chercher.

Je désinfecte ses plaies. Je mets un bandage. Elle me regarde puis ferme les yeux. Je ne dis rien. Demander pardon ? Toute la nuit je me réveille pour surveiller son souffle, lui baigner le front, bercer la petite.

Le lendemain, j'entends Edgardo partir au rendez-vous dans le jardin, en face de la gare de Gênes.

Il rentre deux heures plus tard.

- Massimo n'était pas là mais il a laissé un journal dans la poubelle avec un message. -*Attendez les consignes, après-demain, même heure, à l'autre lieu convenu. On a été trahi. Si je ne suis pas là au prochain RV, ne prenez aucun risque. Vous abandonnez la maison vous vous débarrassez des otages.*

La femme va très mal. Beaucoup de fièvre. Je dis qu'il faut un médecin.

Edgardo ne répond pas.

- Tu me rends mon arme ?

- Non, mais tu peux sortir du cellier si tu veux.

- Edgardo, tu vois bien qu'on nous laisse tomber. On la dépose sur le bord d'une route avec la petite, on téléphone pour dire où elle est et on part chacun de notre côté avec les nouveaux papiers.

- C'est ça ! Tu déconnes, elle nous a vus...

- Tu veux dire quoi ? Ça implique quoi au juste ?

- On sera peut-être obligés de s'en débarrasser.

Je deviens hystérique. Je hurle.

- Stop. Ça suffit maintenant ! Tu ne vois pas que c'est fini…les expropriations, les enlèvements, les tribunaux populaires. On est fichus. Ils sont tous en taule ou morts ou repentis sous protection. Marre. Et pourquoi Massimo, il n'était pas là ? C'est toi le naïf. Et tu vas le croire sur parole. Il te dit de tuer la femme et le bébé et tu lui obéis. Tu n'oses même pas dire tuer. Se débarrasser ou mettre hors circuit. Tu vis dans un monde fictif où tu es Robin des bois aux ordres, et le Robin des bois qui donne les ordres, Massimo, celui-là, il dirige et il ne se mouille pas tellement dans les opérations. Et l'informateur, ce Roberto ? Tu l'as déjà vu ? On le connaît comment ? Moi, je ne tue plus personne.

- De toute façon, tu n'auras pas besoin de la tuer.

Je me précipite dans le cellier.

La femme est toute blanche et brûlante.

Je crie à Edgardo.

- Il faut des antibiotiques, la transporter à l'hôpital.

Il devient sourd et muet.

Je retourne à côté d'elle. Je lui prends la main. Elle veut dire quelque chose. Elle n'a pas la force. Je me penche. Elle chuchote.

- Ma fille, Estrella. Ne lui faites pas de mal. Elle ne sait pas encore parler. Jurez-moi.

Je jure. Je pleure.

- La médaille à mon coup. Prenez-la pour elle. Pour qu'on la reconnaisse, qu'elle sache qui elle est. Estrella Campanelli. Elle s'appelle Estrella Campanelli. Répétez.

Je répète en pleurant.

- Donnez-moi de quoi écrire.

J'arrache une page de mon carnet. Je lui tends avec un crayon. Elle s'appuie sur moi, écrit lentement, toute tremblante. Ça dure longtemps. Quelques mots. Elle s'épuise.

- Il faudra lui donner quand…quand il sera temps.

Puis elle ferme les yeux et s'en va doucement.

Comme une chandelle qui vacille et s'éteint.

Je lui passe de l'eau sur le visage. Je lui caresse les cheveux. Je fais mmm pour la bercer. Je prends la petite dans mes bras. Elle s'accroche à sa mère qui s'en va. Sa mère dont j'ai précipité le départ.

Je sors du cellier la petite dans les bras.

- C'est fini.

Edgardo est en train de regarder la télévision.

Il se retourne vers moi.

- Ce n'est pas nous qui l'avons tuée. Mets-toi ça dans la tête.

- Tu me rends mon pistolet.

- Non. Tu n'es pas assez stable.

- Qu'est-ce qu'on fait ?

- On attend le rendez-vous de demain. Occupe-toi de la petite.
- Je peux me promener dehors avec elle ?
- Non.
- T'as qu'à venir avec nous et nous surveiller. On ne risque rien. Il n'y a pas âme qui vive à moins de cinq kilomètres. Personne ne peut nous voir. J'ai besoin d'air. J'ai besoin de marcher sur l'herbe, de toucher les arbres, de voir la mer.
- Tu peux la voir de la terrasse.
- S'il te plait j'ai besoin de marcher.
- Bon je vais avec toi. On tourne autour de la maison. On ne s'éloigne pas à plus de cent mètres.
On sort tous les trois. Je défais les vêtements de la petite. Qu'elle prenne un peu le soleil. De loin on pourrait nous prendre pour une paisible famille qui a pris ses quartiers d'été en Ligurie. Tout à l'heure on allumera le barbecue et des amis viendront nous rejoindre pour le week-end. La maison grouillera d'enfants qui joueront à cache-cache dans les vignes. On installera peut-être une piscine gonflable dans le jardin pour les enfants. Surtout ne pas oublier le vin. Il faudrait qu'on pense à regarder le prix des tonnelles. Une régate au loin, peut-être.
- A quoi tu penses ?
- Aux bouées, aux coups de soleil, aux martinis place du Panthéon, aux spaghetti Vongole, aux mosaïques de Saint Pancrace, à la porte d'Orléans et à l'autoroute du sud, au bateau de Brindisi à Patras ... je continue la liste ?
- Arrête de penser à ce genre de trucs. Ça sert à rien. Tu vois maintenant, ce qu'il faudrait c'est que tu cherches des idées qui te donnent de la force au lieu de ressasser ces conneries.
- Tu ne regrettes rien Edgardo ?

- Regretter quoi ?

- Comment les choses ont tourné.

- Tu crois qu'il y a un moment précis où les choses ont tourné ?

- Je ne sais pas. Ça s'est fait petit à petit. Peut-être qu'il aurait…

- Oui… continue…

- Peut-être qu'il aurait fallu intégrer davantage de paramètres.

- Lesquels par exemple ?

- Eh bien à propos de l'évaluation de la vie humaine. On s'est trompé depuis le début. On a fait des analyses complètement erronées. La classe ouvrière ne nous a pas suivis. On a refusé de l'admettre.

- Bon aujourd'hui, à cet instant précis, ce genre d'autocritique ne sert à rien d'autre qu'à nous affaiblir et à nous paralyser. Tais-toi.

- C'est justement à cause de ce genre d'arguments qu'on en est là. Et c'est qui le traitre à ton avis ? Il y a eu un informateur, forcément. Ce Roberto. Tu l'as déjà vu toi ?

- Oui, une fois, il n'a rien dit sauf qu'il était chimiste. Il a parlé d'une formule, je n'ai pas compris où il voulait en venir. Mais c'est le mec convaincu, fiable, très véhément contre l'industrie pharmaceutique.

- Ah oui, véhément contre l'industrie pharmaceutique ? Tu n'as pas fait un rapprochement ?

- Non. Lequel ?

- Un chimiste qui en veut à l'industrie pharmaceutique…tu ne vois pas le rapport ?

- Pas direct non. Tu veux dire quoi ?

- Ecoute deux secondes Edgardo. Ce Roberto, chimiste, qui donne les infos pour l'enlèvement du fils d'un grand patron de l'industrie pharmaceutique ? Tu ne trouves pas ça bizarre ?

- Ben non. C'est son domaine. Il sait de quoi il s'agit.

- Toujours aussi naïf hein ? Tu crois ce qu'on te dit de croire, non ? Fais preuve d'un peu d'imagination. Et s'il avait eu un intérêt direct à la disparition du fils Campanelli. Si ça n'avait rien à voir avec une prise de conscience politique, s'il s'agissait juste d'un intérêt personnel, une haine familiale, un truc personnel en tout cas. Il se serait infiltré chez nous pour un intérêt perso. Un voyou, un salopard qui nous aurait utilisés à des fins personnelles. Et tout a foiré à cause lui. Il nous a balancés. Il voulait juste régler ses comptes à lui. Il nous a manipulés.

Là Edgardo s'est retourné vers moi, livide.

- Tu dis n'importe quoi ! Maintenant ça suffit, on arrête la gentille promenade familiale. On rentre. Et on va planquer la femme, l'enterrer peut-être.

- Pas moi, je vais craquer Edgardo. Ne compte pas sur moi. Je m'enferme avec la petite et je mets la télévision à fond. Je ne veux plus voir de morts. Tu comprends !

On rentre dans la maison sans parler.

Edgardo va chercher le corps de la femme. Il la tient à bout de bras comme une amoureuse ivre.

- Tu te tiens tranquille pendant que je l'enterre. Je n'ai pas envie de vous remettre dans le cellier. Je t'enferme dans la maison.

Je marche, la petite dans les bras, je déambule à la recherche de l'entrée du souterrain où Leonardo jouait avec Guido quand il était petit.

Je ne suis même pas sure qu'il partait de la maison mais il me semble bien.

J'essaie de me rappeler cette discussion-là, plusieurs années auparavant avec le Valpolicello et la mortadelle.

Ça ne peut pas être dans le cellier, ni dans la chambre qu'on occupait avec Leonardo. Il me l'aurait montré. Peut-être dans la cuisine, dans la grande salle ou l'ancienne chambre de Lucio. Derrière l'armoire ? Chercher sur les murs ou au sol ?

Edgardo revient.

- C'est fait.

Jusqu'au soir on ruse pour faire passer le temps sans se heurter. Je continue ma déambulation en berçant la petite.

Dans la chambre, un panneau mural représente des bambous.

Juste un pan de mur, le reste est blanchi à la chaux. Je raconte à Estrella qu'un petit chinois va apparaître en écartant les cannes- un passage direct entre la jungle et l'Italie, seulement connu des enfants-.

Elle me regarde les yeux grand-ouverts. Je ne sais pas si elle comprend mais j'ai la conviction que les mots dressent un rempart entre elle et la mort de sa mère.

Je m'enfonce dans l'édredon qui recouvre le lit et je la tiens au-dessus de moi, bras tendus.

La porte est restée ouverte. Je vois Edgardo assis sur le fauteuil de Lucio.

Il zappe sur la télévision, se sert des verres de vin contrairement à toutes les consignes.

Un bon communiste passé à la lutte armée ne boit pas. Tout en contrôle de lui, il doit maintenir ses facultés intactes. D'habitude Edgardo ne boit jamais.

Il a glissé le pistolet dans son pantalon. Je ne sais pas ce qu'il a fait du mien.

Je me relève et entame une valse, très lente, à travers toutes les pièces de la maison.

Mon regard scrute le moindre bombement sur les murs, la moindre irrégularité dans le carrelage, quelque chose qui pourrait ressembler à une trappe, à une ouverte secrète.

- Tu peux arrêter. Tu me donnes le tournis.

- Je prends la garde si tu veux. Tu n'as qu'à dormir un peu.

Il ébauche un sourire très las, presque émouvant.

- Ne me prends pour un imbécile, s'il te plait.

- Tu te rends compte où on en est arrivé ? Cette méfiance.

- Je prends mes précautions, c'est tout.

Il ferme la porte d'entrée à clé et met le trousseau dans sa poche gauche, le pistolet dans la droite.

- Dors, toi, si tu veux.

- D'accord. Dans la chambre à côté.

Je m'installe sous l'édredon avec la petite fille. J'attends.

Je garde les yeux ouverts. C'est lui qui va s'endormir. Il ne peut pas tenir avec le vin.

J'ai échafaudé mon plan. Je ne souhaite pas lui faire de mal. Juste partir. Je guette sa respiration.

Peut-être une heure plus tard, elle devient très régulière.

C'est maintenant.

Je me glisse hors du lit, sans réveiller Estrella, je prends le tisonnier que j'ai caché sous l'oreiller.

A pas de loup.

J'assomme Edgardo. Je sais où frapper juste pour étourdir.

Et très vite, avant qu'il ne reprenne conscience, je cherche le pistolet, les clés et l'argent.

Je suis obligée de tirer dans la jambe au bon endroit- je sais, j'ai appris.

Il hurle, salope-putain tu m'as niqué le genou.

Voilà.

Ensuite il faut aller vite.

Personne ne sait qu'il y a une Française dans le coup, du moins, pour quelques heures.

 On ne me recherche pas, mais toi oui. Je te mets du sparadrap sur la bouche et je te confectionne un petit lit dans le coffre.

Je sais que c'est horrible mais c'est le seul moyen de te protéger. Nous faire sortir d'Italie. Tu es si petite.

Je suis mon intuition. Je fais un acte pour la vie. Un acte qui a un sens immédiat.

Et je commence à t'aimer terriblement. Au début je m'arrête tous les cinquante kilomètres sur les aires d'autoroutes, à l'abri des regards pour vérifier que tu vas bien, te bercer, t'hydrater, te nettoyer. Tu somnoles.

 C'est long. Gènes, Nice, puis Marseille, Lyon, Paris.

Je roule. Je m'arrête aux stations-services, te donne à boire, jette les couvertures trempées, t'arrange un nouveau lit.

Ça fait dix ans que j'ai quitté la France. Je n'ai plus personne sauf toi.

Il y a bien Grany et Marina, Henri aussi, mais tu imagines bien que ce n'est pas simple.

 Je ne vais pas réapparaître- coucou, c'est moi.

 Pourtant je ne vois qu'Henri capable de comprendre et d'apprécier la situation, sa violence et ses dangers.

Avec sa carrière de diplomate et ses réseaux, il connaît la marche du monde, les mensonges. Il a appris à réagir vite.

Je suis sa fille spirituelle. C'est lui qui m'a offert l'*Idéologie allemande,* autrefois.

Après cette éclipse de dix ans, je ne sais pas. Et si ça se trouve, il y a eu beaucoup de changements à Paris. J'ai fait comme si le temps s'était arrêté à mon départ mais il a pu se passer beaucoup de choses. Je redoute moins de le contacter lui que Grany ou Marina. Ça fait trop longtemps que je n'ai pas donné signe de vie à ma sœur.

Tu es toujours cachée dans le coffre. Je ne peux pas courir le risque de te montrer.

D'une cabine de l'autoroute, je téléphone au quai d'Orsay d'abord, puis avenue de l'Observatoire.

Ouf, Henri est toujours là, bien vivant.

Je n'ai pas besoin d'expliquer pendant mille ans. Il comprend illico.

- Où es-tu ?

- A peu près à la hauteur d'Auxerre.

- Où ça exactement ?

Je lui décris la station-service, la situe par rapport au péage.

- Quelle voiture ?

Je lui indique la marque, la couleur.

- Il y a plein de camions.

- Tu ne bouges pas. Tu te gares sous les arbres, à l'écart des camions. Tu te reposes. Jette un coup d'œil à la petite. Surtout qu'elle ne se mette pas à pleurer. Je t'envoie Gaspard. Tu monteras avec lui. Tu abandonnes la Fiat, on s'en occupera plus tard. Il sera là d'ici deux heures. Une Golf gris métallisé.

Tout se passe comme prévu. Gaspard nous trouve, nous fait changer de voiture et nous conduit à Vallandrey.

Henri nous attend avec un médecin.

- Petite déshydratation sans gravité. Sur le plan physique ça va, mais cette petite a morflé émotionnellement. Je ne vous demande rien. Il y aura sans doute des séquelles. A suivre de près.

Henri échafaude un plan, en peaufine les détails.

- Si c'est crédible et si on joue bien, on nous croira. Au Quai, j'ai appris à inventer des histoires très improbables, avec le détail convaincant qui fait passer le reste. Maintenant tout repose sur Marina. Il faut la persuader de revenir, la sortir de son ashram à Pondichéry. Tu vas lui écrire une lettre où tu lui présentes la situation. Moi j'irai lui porter.

J'écris l'exacte vérité et je joins une photo de toi. J'ajoute que, en fin de compte, je tiens ma promesse et que les poupées russes ne m'ont jamais quittée. C'est vrai.

Henri part en Inde et en revient une semaine plus tard avec Marina.

Elle fera croire que tu es sa fille, issue d'une rencontre avec un américain de passage, pendant son séjour dans l'ashram. Ta corpulence permet qu'on t'enlève quatre mois sur l'Etat civil. Henri s'occupe des nouveaux papiers, les tiens, les miens.

Moi, je disparais au Brésil où les chirurgiens esthétiques sont très forts. Ensuite le Canada puis l'Argentine. Je réapparaîtrai plus tard en Christina, agent de voyage mariée à un riche propriétaire terrien.

Marina, elle, reste un moment à Vallandrey, puis retourne vivre à Paris.

Elle raconte cette histoire d'Américain rencontré aux Indes. Très plausible.

Un jour je ne vivrai pas loin de vous.

En attendant je prendrai soin de toi à distance.

Tu ne m'aimes pas. Tu m'associes à des sensations horribles.

Mon visage, ma voix, mon odeur sans doute, sont liées aux pleurs de ta mère, à sa mort, à ton voyage dans le coffre avec du sparadrap sur les lèvres.

Pendant quatre ans tu ne dis rien. On peut croire que tu es sourde ou autiste.

 Tu ne réagis à aucune sollicitation.

 Marina te stimule en te parlant, avec des dessins, des constructions, des mots peints sur des grandes feuilles que vous découpez ensemble.

Elle transforme tout ce travail en jeu.

Et moi, au Canada puis en Argentine, je gagne de l'argent pour qu'elle n'ait pas d'autre souci que celui de te remettre en vie. Ça marche. L'amour de Marina, de Grany, le mien ma chérie, ça finit par porter ses fruits.

Un jour tu parles. Et le premier mot que tu prononces c'est Na. Marina. Moi tu m'as effacée.

Tout va bien. Et les informations emmagasinées pendant tes années de mutisme te rendent plus intelligente et plus libre que tous les autres enfants.

Ensuite, on se jure avec Marina de ne jamais te surprotéger. Nous te voulons forte, la plus forte possible. Grany nous agace, elle essaie de s'emparer de toi. Marina veille.

Et puis ça s'inverse à nouveau le jour où ta mère accepte ce reportage sur les nouvelles initiatives. Ça paraît dans un petit journal en ligne. C'est incroyable, il y avait une chance sur un million mais quelqu'un voit sa photo et pense me reconnaître.

On se ressemblait comme deux gouttes d'eau avant ma chirurgie esthétique. Quelqu'un a retrouvé ma trace et du coup la tienne.

- Edgardo ?
- Non, il s'est suicidé en prison. Pas quelqu'un de l'organisation. On a coupé tous les ponts avec cette période-là et puis je n'ai trahi personne. C'est à toi qu'on en veut. Quelqu'un qui a peur que tu réapparaisses. Celui qui nous avait donné l'info sur le fils Campanelli. Roberto. L'autre fils Campanelli. Celui qui a hérité de l'entreprise après la mort de son frère. Le salopard. Celui qui a organisé l'assassinat de son frère en nous le mettant sur le dos, celui qui a fait foiré l'opération en nous balançant juste avant. J'ai eu le temps de réfléchir. Il nous a envoyé ses tueurs mais nous allons l'avoir.

Estelle

Nous sommes toutes les trois, Grany, Marilyn/Christina et moi, trois générations, dans le grand salon de l'avenue de l'Observatoire. A l'attendre.

- Il n'a pas beaucoup d'avance, sans complice, sans voiture, blessé

Je n'ai pas encore accompli l'acte mais ça ne va pas tarder. Je suis prête, l'arme de Gaspard, ferme dans ma main.

Grany et Marilyn ne sont pas démunies, Grany a les deux mains cachées dans son manchon de fourrure, et Marilyn s'accroche à son sac Prada. Trois drôles de dames, n'est-ce pas ?

Elles m'ont promis de me laisser faire. Il ne va pas tarder. Et je ne faiblirai pas. Fidèle à notre transmission du sang et du meurtre. Je sais qui viendra et qui je tuerai. Je n'aurai pas la moindre hésitation.

- Un peu de Porto demande Grany.

- Est-ce bien raisonnable ?

- Certainement, ça m'a toujours aidée aux moments décisifs.

- Et s'ils sont plusieurs ?

- Nous sommes trois. Lui est blessé. Logiquement il doit être seul. On ne trouve pas des tueurs comme ça dans les supermarchés.

- Tu n'as jamais tiré, Estelle. Tu ne sauras pas ou tu n'oseras pas et puis il ne faut pas.

- Ah bon ? Pourquoi ?

- Tu ne sais pas qui tu t'apprêtes à tuer ?

- Si tu vois, j'en ai une vague idée.

J'avale cul sec un verre de Porto. Puis un deuxième.

- On aurait dû inviter Odette.

- La pauvre, je lui en ai déjà fait assez voir. Elle voulait nous aider mais avec son arthrose je l'ai persuadée que ce n'était pas une bonne idée. Elle a fini par admettre qu'elle nous aurait plutôt gênées, la mort dans l'âme remarque, ça l'amusait cette nouvelle aventure.

-Tu as vraiment le don pour impliquer tes proches dans tes problèmes et les expulser au moment fatidique.

- C'est vraiment le moment ma chérie ?

La fuite de la pension est toujours là. Le bateau continue à dériver dans la rade de Toulon à la rencontre du gros tanker avec à son bord, Andrej.

- Ca suffit, je dis.

On attend. Il ne peut pas ne pas venir. C'est son job.

Un léger bruit dans l'escalier de service.

- Il a dû longer les coursives ou passer par derrière, chuchote Marilyn, de son poste à la fenêtre. Il s'est débrouillé pour arriver jusqu'ici. Je l'entends derrière la porte de service. Opération mal préparée, j'ai été nulle. On change de poste.

Silencieusement, très silencieusement, on glisse dans la cuisine Marilyn et moi.

- Tu restes là, maman. Tu ferais trop de bruit.

On attend, on attend, regards et armes braqués sur la porte.

- Faut que je m'assoie dit Grany.

Elle tire un fauteuil tout doucement sur le tapis. Marilyn lui adresse des mouvements de mains énervés pour lui intimer d'arrêter.

C'est à ce moment qu'il ouvre la porte.

Je vois d'abord ses bagues. Ensuite sa queue de cheval. Il pointe son arme vers nous.

- Désolé Bébé, je voulais t'épargner. Il suffisait juste de supprimer les témoins. Tu n'aurais jamais rien su et on aurait filé le parfait amour.
- Tu es à la solde du fils Campanelli ? C'est pour ça que tu es venu à Baraya ? Pour me tuer ? M'éliminer pour qu'il soit tranquille avec son héritage ?
- Je ne connais pas les raisons. J'avais un contrat, c'est tout. Oui je suis venu à Baraya pour toi mais ça ne s'est pas passé comme prévu, tu vois. J'ai changé mes plans. Mais c'est raté on dirait ?
- Et qu'est-ce qui se passe maintenant ? Tu veux nous tuer toutes les trois ? Comme ça, sans état d'âme ?
- Non, pas sans état d'âme. Je suis payé pour ça. Désolé Bébé. Je voulais vraiment éviter ça.
- C'est ton métier « tueur » ?

Il regarde Marilyn.

- Vous avez tué, vous aussi semble-t-il ?
- Oui, mais pas pour du fric.
- Vous êtes sûre que ça fait une différence ?
- Bon, on ne va pas philosopher dit Grany qui surgit du corridor.

Juste après elle tire.

- Il était pour moi. Tu ne pouvais pas tuer le père de ton bébé. C'est le genre de tradition à laquelle on va mettre fin dans la famille. Bon, on ne va pas commencer à pleurer. On appelle la police. Légitime défense n'est-ce pas ?
- D'accord, dit Marilyn. Moi, il faut que je me livre sinon l'histoire est incompréhensible. Tiens, ça c'est pour toi.

Elle me tend un sac de cuir.

- Tu vas trouver ce qui appartenait à ta première maman, Tiziana Campanelli. Et les mots qu'elle a tracés en s'appuyant sur mon dos pendant que je la gardais. Elle t'a écrit, ma chérie, juste quelques mots. Ton grand-père biologique t'attend, à Milan. Moi je souhaite en finir avec mon passé et cette fuite perpétuelle. En prison je vais réfléchir, continuer à assembler le puzzle de ces années-là. Je sais beaucoup de choses. Il me manque encore quelques pièces mais j'ai une vue d'ensemble des trahisons, des infiltrations, de l'identité des marionnettistes.

Je n'ai pas confiance en la justice des maîtres, ma chérie, je ne crois pas au théâtre judiciaire, ni à la recherche de la vérité. Il n'y a que des intérêts et des arguments fourbis au service de ces intérêts. Mon procès sera l'occasion d'une négociation où ni toi ni moi n'aurons le moindre poids. Mais c'est sans importance. Je me reposerai. Je lirai.

Tu vas pouvoir récupérer ton identité italienne, habiter entre Paris, Milan et le reste du monde. Profiter de la fortune familiale, continuer à travailler pour les exclus.

Evacue la nostalgie, l'attente de ce qui ne peut pas être, cultive ta vie, ma chérie, et n'oublie pas de douter.

Moi, il me reste un petit capital d'innocence. J'ai besoin de l'investir et de le faire fructifier.

Epilogue

Dans l'enveloppe que m'a donné Marilyn il y a une petite médaille de la vierge et trois photos.

L'une d'elle représente un jeune couple souriant sur une terrasse dominant un jardin planté d'oliviers et de cyprès. Ils sont adossés à un mur de vieilles pierres et tendent leurs verres comme pour trinquer avec un personnage hors champ. La robe sans manches de la femme, découvre des épaules bronzées et les fronces sous les seins laissent deviner un petit ventre arrondi. Elle porte ses cheveux bruns dénoués et flous sur les épaules, l'homme est en bermuda bariolé avec une serviette autour du cou.

Ils sont jeunes, à peine vingt-cinq ans.

Ils mourront quelques mois après.

Entre temps je serais née.

Sur la deuxième, on voit la même femme adossée à des oreillers brodés dans une vaste chambre claire, une jeune accouchée avec son bébé dans les bras. Elle regarde l'objectif- mine complice et radieuse.

C'est peut-être mon père qui prend la photo. Une chambre bleue dont la fenêtre donne sur de grands arbres, le parc d'une clinique chic ? Celui d'une maison bourgeoise ?

La troisième photo en noir et blanc représente ma mère, assise sur le lit d'une pièce minuscule éclairée par une ampoule au plafond. Elle tient le Corriere della Serra devant elle. Elle a les cheveux tirés, elle est pâle, une large tache sombre macule son corsage. Ses grands yeux fixent l'objectif, sans animosité, avec juste une question sans réponse. Ce sont Les Yeux.

Ainsi mes deux mères sont liées par le sang. Disparues toutes les deux, Tiziana et Marina. Assassinées. De la première, plus jeune que moi maintenant, au moment de sa mort, je garde cette impression ancienne qui se superpose à la vision de Marina incrustée dans la neige, et les blancs se fondent et se dégradent en camaïeu, du gris blafard de la cellule à l'immaculé glacé et les sangs se mêlent, se clarifient.

Et je sais qu'il y a des milliers de perceptions en moi, tendus sur des fils invisibles. Marilyn a cru combattre un pouvoir destructeur, exercer son libre arbitre contre l'injustice et déployer son énergie en adhérant à ce qu'elle a appelé « la lutte armée ».

Elle a été une *terroriste*. Elle porte une terrible responsabilité dans la mort de Tiziana mais je ne réussis pas à la haïr. Je suis construite à rebours. Tout ça me semble bien compliqué. Finalement, ma grand-mère, avec ses airs autoritaires et ses jugements tranchants, sa manière brutale de renvoyer ses filles à leur libre arbitre, elle a participé à ce truc bizarre, mon irruption illégale dans leur monde.

J'ai parfois, le temps d'un éclair, la vision de cette accumulation de honte, de rancœur et de véhémence, ce terreau où se sont stratifiées des couches de nostalgie et de haine, l'espoir d'une famille idéale, un mélange de lieux communs, de culture sentimentale, de revanche, ce besoin de s'inscrire dans une épopée glorieuse et un atavisme sanglant.

Le bébé pousse. Je lui raconterai une jolie histoire sur son père.

Ça doit être génétique cette histoire de père absent ou éliminé.

Je rends régulièrement visite à Marilyn dont le procès n'a toujours pas eu lieu. Dommage qu'il n'y ait plus Henri pour organiser sa sortie légale.

J'ai fait la connaissance de mon grand-père, à Milan. Il m'a trouvé des ressemblances avec son fils. En même temps il m'a demandé cinq fois de suite, -alors, comme ça tu es Estrella, je me souviens de ta naissance, mais ton père, il y a eu un problème non, je ne sais plus. Ta mère adorait Dickens, il y a une Estrella dans Dickens, non ? Ton père est à l'usine là, en ce moment ? Je perds la mémoire ma chérie. Tu vois, je ne me souvenais pas que tu étais si grande. Tu es jolie comme ta mère. Il faut qu'elle vienne me voir plus souvent. Tu lui diras, hein ? Il faut lui dire. Je suis un vieil homme maintenant. Mais tu attends un enfant ! Une fille ou un garçon ? On peut le voir à l'échographie maintenant, non ? - Je n'ai pas voulu savoir Grand-père. C'est sans importance, fille ou garçon.

FIN